헤매는 중이지만 해내는 중입니다

홈페이지 | www.vegabooks.co.kr   **이메일** | info@vegabooks.co.kr
블로그 | http://blog.naver.com/vegabooks
인스타그램 | @vegabooks   **페이스북** | @VegaBooksCo

헤매는 중이지만
해내는 중입니다

박민욱(필림) 지음

베가북스
VegaBooks

일러두기

* 이 책은 글의 내용과 분위기에 따라 문체가 달라집니다.
* 작가가 전하고 싶은 의미와 풀어내는 맛을 살리기 위해 일부 표현은 맞춤법을 따르지 않았습니다.

어른이 되면 엄청나고 반짝반짝 빛나는 무언가가 되어 있을 줄 알았습니다. 뭐든 여유롭게 척척 해내고 어디서든 인정받는 그런 모습 말입니다. 그저 잠깐 눈을 감았다 떴을 뿐인데 영화처럼 장면은 바뀌어, 어른이 된 모습의 내가 거울 속에 서있습니다. 그 안에서 발견한 내 모습은 놀랍게도, 그저 삶에 지친 평범한 회사원이었습니다.

회사원이라니! 단 한 번도 장래희망 칸에는 적어본 적이 없는 모습이 되어 있습니다. 치열한 흐름 속에서 휩쓸리지 않으려고 아등바등 살아가는 수많은 사람들, 그 복잡한 장면 구석 어디쯤엔가 자리한, 그저 하나의 실루엣이 되어 있습니다.

참 생각대로 풀리지 않는 게 삶이라고 하지만, 유난히 나에게만 더 가혹한 것 같다는 생각을 합니다. 여전히 척척 살아내지 못하고 꽤 헤매는 중입니다. 남들은 척척 길 따라 잘만 멀어져 가는데, 여전히 내 길은 보이지 않거나 의심스럽거나, 그렇게 찜찜하게 돌고 도는 느낌이라고 할까요.

하지만 우리는 알고 있습니다. 다행히도 우리에게는 아직 많은
걸음이 남아있다는 것 말입니다. 헤매어 돌아간 걸음만큼, 그 뜬
금없이 남겨진 발자국만큼 우리가 겪어본 영역은 더 넓게 펼쳐져
있습니다. 언젠가 예상치 못한 순간에 그 남겨두었던 발자국을 마
주하기도 하겠지요. 그때의 경험이 뜻밖의 도움으로 돌아오기도
하겠지요. 아직 헛걸음이라고, 시간 낭비라고 단정할 수 없는 이유
입니다.

　비록 돌고 돌아 힘겹게 지나고 있는 지금도, 우리는 차근차근 성
장하고 있습니다. 헛되지 않은 우리의 모든 걸음은 결국 우리를 더
높이 밀어 올려줄 겁니다. 충분히 헤매어본 만큼 충분히 해내고야
말 우리입니다. 그러니 우리는 이 잠깐의 힘겨움 앞에 무너져서는
안 되겠습니다. 언제까지고 이런 뒤처지는 날들만 이어질 거라고,
성급하게 단정하는 일은 없어야겠습니다. 긴 방황의 시기가 끝나고
마침내 피어날 우리의 계절이 올 때까지.

불행은 아주 하찮은 녀석일지라도 군이 상기시킬 필요도 없이, 목에 걸린 가시처럼 쿡쿡 존재감을 드러내지요. 반면에 행복이라는 녀석은 애써 들여다보지 않으면 금세 익숙해져서, 그 자리에 있다는 사실도 희미해지는 경우가 많습니다. 들여다봐야 한다는 겁니다. 잊지 말아야 할 소중함들을 어이없게 잊고 살아가는 일은 더 이상 없도록. 그러니 저는 이 미약한 글로나마 전하고 싶은 겁니다. 저와 같이 갈피를 잡지 못하고 헤매는 이들에게. 삶에 지치고, 하루하루 짊어진 무게에 휘청이는 모든 이들에게.

들여다보면 꽤 나쁘지 않은 하루일지 모른다고
그 모든 걸음은 충분히 빛나고 가치 있는 것이라고.

이 책은 왜 당신이 무너지지 말아야 하는지, 왜 당신의 하루가 충분히 반짝이는지 설득하는 과정이라고 볼 수 있겠습니다. 안타깝게도 세상을 온통 아름답게 바라보는 고상한 글은 아닐지 모릅니다. 노련한 작가의 멋들어지고 화려한 문장은 아닐 겁니다. 오히려 마음의 여유도 없는 어느 직장인의 시선으로 지나쳐간, 많은 장면을 담았다는 것이 맞을 겁니다. 하지만 휘청이는 중에도 어떻게든 붙잡고 싶은, 그 소중함을 알아보기 위한 발버둥은 담겨있겠습니다. 무너지지 않기 위해 단단히 발 딛고 움켜잡을 무언가. 그 무언가를 전하고 싶은 절실함은 가득 담겨있습니다.

오랜 시간 참 많은 글을 올렸습니다. 이 별거 아닌 창작물도 몇 년을 꾸준히 이어오다 보니 조금씩 찾는 이들이 늘어나는 게 신기할 따름입니다. 이 발달된 문명이 이전의 낭만을 참 많이 앗아갔다고 하지만, 덕분에 소소한 글들이 예상치 못한 누군가에게 닿기도 합니다. 그리고 이 발달된 문명 덕분에 실시간으로 '반응'이라는 걸 살필 수 있게 됩니다.

'아 사람들이 참 많이 지쳐있구나.'
'아 이런 글에 사람들은 공감하고 위로받는구나.'

그렇게 추려 모은 여러 문장들. 빠르게 소모되는 콘텐츠에 맞춰 짧게 다듬어야 했던 여러 문장들과, 그 뒤에 드러나지 못한 훨씬 길고 긴 배경을 담아, 이렇게 전할 수 있게 되어 다행입니다.

이 작은 문장들을 통해 당신의 하루를 조금 더 들여다보게 되길. 그 속에서 충분히 반짝이는 당신의 소중함을 기억해내길.

2025년의 초입에서

박민욱

CONTENTS

조금 뒤처지는 중이지만

나를 믿어주는 중입니다

걱정이 피어나는 중이지만

그럼에도 성장하는 중입니다

관계에 지쳐가는 중이지만

사람을 알아가는 중입니다

사랑을 헷갈리는 중이지만

인연을 발견하는 중입니다

조금 뒤처지는 중이지만

시간은 그저
뚜벅뚜벅 지나갑니다

붙잡아도
떠밀어도
공평하게

○ 능소화

    가끔 지나는 동네 터널 입구에는 무성한 덩굴이 덮여있는데, 여름만 되면 이름 모를 주황빛 꽃이 피어납니다. 그 꽃의 이름이 어디선가 얼핏 들어봤던 능소화라는 사실을 알게 된 건, 꽤 시간이 흐른 뒤의 일입니다. 초록의 무성한 잎들 사이사이에 핀 주황색 꽃. 대비되는 보색이기 때문인지 처음에는 딱히 예쁘지도 않고 그리 눈에 띄지도 않았지요.

    그런데 일주일 후에도, 그다음 주에도, 여름이 끝나갈 무렵에도. 그대로. 지나갈 때마다 주황의 꽃들이 변함없이 피어 있는 겁니다. 7월부터 보이던 꽃이 9월에 접어들어도 여전히 싱싱하게 피어 있습니다. 거세게 비바람이 몰아친 다음 날은 조금 듬성듬성하다가 며칠이 지나 다시 보면 또 풍성한 주황빛 물결입니다. 이제는 다른 길을 지나다가도, 아직 꽃이 피어있을까 궁금한 마음에 굳이 능소화로 덮인 터널을 향합니다.

    벚꽃이 큰 사랑을 받으면서 요즘은 어딜 가나 벚나무가 가득하지요. 엄청난 황홀함으로 피어나는 벚꽃은 그 절정의 기간이 짧아 더 귀하고 그리운 것인지 모르겠습니다. 모든 것이 그렇지요. 아름답지만 넉넉하지 않은 것이야말로 가치 있다고 여겨지니까요.

하지만 저 능소화를 보세요. 빼어나게 예쁘지도 않고 크게 기억에 남는 첫인상도 아니었지만, 찾을 때마다 이렇게 자리를 지키고 있으니 그 꾸준함만으로 사람의 마음을 당깁니다.

잠깐의 희소한 아름다움에 끌리는 것이야 당연하겠지만, 꾸준하고 긴 호흡의 한결같은 매력이란 이런 것이구나 싶습니다. 어느새 궁금해지고 찾게 되는 그런 매력.

그래서 굳이 따져보면 능소화 같은 삶이고 싶다는 생각을 합니다. 궂은 상황에도 언제나 그 자리에 있어 주고, 또 언제나 그 자리를 지켜줄 것이라는 믿음을 주는. 그런 삶. 그런 사람.

한껏 찬란하게 피어올랐다가 금세 힘을 다해 우수수 쏟아 내리는 그런 마음보다, 가장 어려운 시기에도 아랑곳 않고 싱싱하게, 변함없는 모습으로 곁을 지켜주는 사람.

많은 이들의 사랑을 받을 만큼 찬란한 모습은 아니지만, 적당하고 수수한 아름다움 고르게 분배해 그 이상의 꾸준함으로 함께하는 사람.

그러니 이 자리에 오래오래 있겠습니다.

문득 생각나 발걸음했을 때 언제나 반겨줄 수 있도록.

○ 마음의 속도

"벌써 다 썼네."

머리를 다 적시고 샴푸 꼭지를 꾹꾹 눌렀더니 헛바람만 푝푝 뱉어냅니다. 급한 대로 샴푸 통에 물이라도 좀 넣어 빙빙 돌리고 밑바닥까지 싹싹 훑어 기어이 거품을 내다보니 문득. 시간이라는 놈이 양심 없이 빠르긴 합니다. 그 묵직한 대용량 샴푸가, 아침저녁으로 한 번씩 고작 손바닥 위에 동전만 하게 꾹 눌러 썼을 뿐인데, 벌써 바닥입니다.

시간이라는 것은 흐르는 게 아니라지만, 유독 선명하게 그 흐름이 와닿는 순간은 이런 것이 되었습니다. 어느새 바꿀 때가 된 칫솔, 대체 언제 다 먹나 싶었는데 결국 비어버린 2㎏짜리 대용량 단백질 파우더, 또 다가와버린 카드값 납부일, 몇 년을 언제 기다리냐고 잊고 있었는데 어느새 개봉해버린 영화 속편 같은 것. 이런 것들은 시간의 흐름을 참 무섭도록 실감케 합니다.

어릴 때는 시간이 참 느리다고 생각했는데. 어른들이 말하던 '열

밤 자면' 같은 단위들이 그렇게나 막막하던 시기가 있었는데. 높은 곳에 기어올라가 저 멀리 나타날 무언가를 목이 빠지게 쳐다보던 아이, 그 시절의 아이와 지금의 우리는 많이 다르겠지요.

저 멀리 내다보던 자리에 눈뜨면 도착해있고, 또 눈 뜨면 저 뒤로 아득해져있는, 점점 가속하는 흐름에 정신없이 휩쓸려가는 우리는, 많이 다르겠지요.

이 흐름조차도 적응하는 날이 올지는 모르겠습니다. 이 빠른 흐름 위에서도 거뜬히 중심 잡고 유유히 흘러갈 수 있을런지요.

유난히 시간이 빠르다는 것.

어쩌면 그건 내 마음이 아직 저 뒤에 머무르기 때문일 겁니다. 마음이 머물고 싶은 곳은 저 뒤에 남아있으니, 저 앞에 달려가는 시간은 점점 더 빠르게 멀어져가나 봅니다.

그리고 유난히 시간이 느리다는 것은.

내 마음이 이미 저 멀리까지 뛰쳐나가 기다리고 있기 때문이겠지요. 변한 건 내 마음의 속력이었나 봅니다.

시간은 그저
뚜벅뚜벅 지나갑니다.
붙잡아도, 떠밀어도
공평하게

우리는 언제쯤 이 융통성 없는 시간이라는 녀석과 나란히 발맞춰 흘러갈 수 있을까요? 이왕 이렇게 된 거, 오래오래 살아보면 마음과 시간의 경주도 잦아들지 모르겠습니다.

마음이 앞서고, 뒤처지고, 경쟁할 필요도 없을 정도로 멀리 가야겠습니다. 급하지 않게, 흐름에 중심 잃어 휩쓸리지 않게, 나란히 어깨 맞추는 날이 오겠지요. 언젠가는.

갈 길이 멀다고 생각하니
오히려 마음이 한결 편안해졌습니다.

○ 영원할 것만 같았던 모든 것들

한때는 당연했던 것들도
절대로 당연하게 남아있지 않아.

자신 있던 건강도, 체력도, 지겹게 보던 친구들과의 시간도, 쌓여 있던 생일 축하 연락도, 주말 약속도, 마음 맞는 사람도, 도전하고 싶은 기회도.

시간이 흐를수록 점점 새어나가 어느 순간 남은 것이 하찮아 보여 놀랄 때가 있을 것이라고. 채워지고 얻는 것도 있겠지만, 잃어가는 것에 비하면 수지타산이 맞지 않는다고.

조금씩 잃어가는 시기를 인지하게 되었을 즈음. 문득 생각했다. 내가 아는 모든 어른은 이렇게 잃어가는 것의 공허함을 대체 언제부터, 얼마나 견디면서 살아오신 것인지 가늠해본다. 그게 어른인가보다. 먹고사는 일에 치여 돌아볼 새도 없이 달리다 보니 정신을 차릴 때마다 세월이라는 것이 뭉텅뭉텅 쓸려나가 있는 그 상실감일 것이다.

왜 붙잡고 싶지 않겠나. 움켜쥐고 버티고, 긴 자국 남기며 끌려가다, 끌려가다 돌아보면. 순식간이었던 시간이 차곡차곡 많이도 쌓여있을 것이다.

하지만 막을 수 없는 일, 익숙해져야지, 인정해야지.

시간이 지날수록 마음만으로는 되지 않는 일이 있다는 것을 인정하게 된다. 그렇다고 시간이 지날수록 쉽게 놓아버릴 수 있는 것도 아니라고 인정하게 된다.

> 살아갈수록
> 무언가를 얻는 것보다
> 잃는 것에 익숙해져야 해.

다만, 이 순간에 주어진 당연한 것들의 그 소중함은 잊지 말아야겠다. 잃고 나서 깨닫는 뻔한 실수를 반복하기 전에, 미리 상기하고, 미리 감사하고, 미리 누리자.

가족과의 소소한 시간, 아직 꽤 쓸만한 몸뚱이, 나쁘지 않게 잘 돌아가는 머리, 가끔 열받게 해도 아직 끊어지지 않은 내 사람들 같은.

잃고 나서야 소중했구나 깨닫기 쉬운 당연한 것들을.

지금 감사해하자.

○ 초보 운전, 초보 인생

　운전이 무섭다며 평생 걸어 다닐 거라고 장담하던 동생이 결국은 세상에 항복하고 운전을 시작했습니다. 동생의 연습을 위해 운전석을 내어주었다가 20분 만에 진이 다 빠져버렸던 그날. 동생만큼이나 긴장감 넘치던 그 조수석에서, 제가 처음 차를 몰고 도로에 나왔던 순간을 떠올려봅니다.

　바짝 긴장한 표정에, 당장 출전이라도 할 것처럼 결연한 자세, 그와는 대조되는 뻣뻣하고 부자연스러운 동작. 차선이라도 바꿔야 할 때면 식은땀을 흘리던 그 시기.

　편해지려고 배운 운전인데, 신경 써야 할 것이 여간 많은 게 아닙니다. 유난히 도로가 무서웠던 초보 시절에는 멀쩡한 차를 세워두고 차라리 대중교통을 이용하는 날도 많았을 정도니까요.

　조금 익숙해진다 싶다가도 야간 운전은 또 다르고, 비 오는 날은 또 다르고, 눈이라도 오는 날이면 난리가 나는 겁니다. 겪어보지 못한 새로운 상황이 펼쳐질 때마다 순간순간이 고비였던 그 시절의 저와 지금의 동생이 겹쳐 보입니다.

초보 운전자와 숙련된 운전자의 시야는 굉장히 큰 차이가 난다고 하지요. 뉴스에 나왔던 어느 실험에서 운전자의 시야를 붉은색으로 표시한 적이 있습니다. 초보 운전자의 시야는 앞에만 온통 붉은색이 몰려있었죠. 하지만 숙련된 운전자는 시야가 두루두루 고르게 분포되어 있었습니다.

초보 운전자는 앞만 보기 급급하여 주변을 잘 살피지 못하고 시선이 전방에만 머물러 있습니다. 운전 경력이 쌓일수록 전방을 주시하면서, 내비게이션의 경로도 확인하고, 사이드미러와 룸미러로 차선과 뒤차도 확인하고, 도로 표지판도 확인하고, 끼어드는 사람이나 차가 있는지 주변도 살피고, 신호나 속도 규정도 살피고, 다음 경로 진입에 수월한 차선과 도로 상태도 미리 살피고, 날씨와 저 멀리 있는 풍경도 한 번씩 살필 수 있습니다. 의식적으로 확인하지 않아도 주변과 경로를 살피는 습관이 물 흐르듯 자연스럽게 이어지는 겁니다.

처음 내 손으로 핸들을 잡고 진입한 도로는
우리가 처음 마주한 세상과도 닮아있습니다.

항상 어른의 자리였던 운전석에 덜컥 내가 앉게 된 그 순간. 꿈꾼 것은 '베스트 드라이버'였으나, 매일 보던 도로가 그렇게 낯설고 무섭게 느껴질 수가 없습니다.

기대가 가득했던 '초보 인생'이 느끼는 사회도 마찬가지. 숨 막히게 경직되고, 주변을 세심하게 살필 여유 같은 건 꿈도 못 꾸며, 앞만 바라보기 급급한 제한된 시야. 매번 헤매고, 경로를 벗어나고, 꽉 막힌 차선에 진입하려 진땀 흘리는. 그러다 조금 익숙해질만해서 방심하는 순간, 어디 한 군데 긁히고 찌그러져 다시 위축되고 마는.

그러나 우리는 알고 있습니다. 당장은 겁나고 무섭지만, 달리고 달려왔던 길들이 차곡차곡 쌓여 결국은 능숙하게 다루고, 능숙하게 살아낼 겁니다.
내 차도, 내 삶도.
난관이야 있겠지만, 더 넓은 시야로 세상을 보며, 이전과는 비교할 수 없는 경험으로 지혜롭게 나아갈 겁니다. 더 노련하게 진입하고, 더 여유롭게 살피면서. 그렇게 우리는 '숙련된 운전자'로, '숙련된 어른'으로 성장할 겁니다.

오늘은 동생이 좁은 길에서 다른 차를 살짝 긁었다는 연락을 받았습니다. 차도 사람도, 처음에는 자신의 크기와 영역을 인지하기 어려워 이리저리 부딪히기도 한다지요. 다행히 마음씨 좋은 차주분과 원만하게 처리했다고 합니다.

동생은 놀랐겠지만 이렇게 조금 더 성장하겠지요. 차폭을 인지하

고, 자신의 영역을 인지하고. 조금 더 안전하게 나아가는 운전자로,
더 나은 어른으로 성장하겠지요.

꿈도 많고, 한때는 무엇이든 될 수 있을 것 같았던 어떤 이가 있습니다. 다 크면 정말 특별한 모습일 줄 알았는데, 살아보니 막상 특별하지 않은 삶입니다. 그냥저냥 흘러가는 자신과는 달리, 시간은 무섭게 내달려 어느새 마지막의 순간까지 떠밀어냅니다.

그렇게 저물어 가는 삶의 끝에서 생각합니다. 딱히 아무렇게나 살아온 것도 아닌데, 돌아보니 후회로 남은 일들이 헤아릴 수 없습니다.

소중한 이들에게 소홀했던 일, 그렇게 잃은 사람들, 성급하게 포기해버린 꿈들, 가장 소중한 가족들의 마음에 남긴 굵은 상처들, 더 노력하지 못했던 나태한 시절, 시작하지 말았어야 했던 해로운 것들, 좀 더 관리하지 못한 건강까지.

그때는 늦었다고 생각했으나, 돌이켜보니 그리 늦지 않았었는데. 한 번만 시간을 돌릴 수 있다면 지금보다 훨씬 나은 삶을 일구어낼 수 있다는 생각이 간절합니다.

단 한 번만 시간을 돌릴 수 있다면.

그 순간, 거짓말처럼 저 위에서 누군가의 목소리가 전해집니다. 딱 한 번만 더 기회를 주겠다고, 언제로 시간을 되돌려주면 이 모든 것을 바로잡을 수 있겠느냐고.

곰곰이 생각한 끝에 '어떤 시점'을 떠올립니다. 최소한 '그때'로만 돌아가면 모든 걸 바꿀 수 있을 것 같다고. '그때'로 한 번만 시간을 되돌려달라고. 마지막으로 완전히 다른 삶을 살아보겠다고.

저 위에서 답합니다.

눈을 떴을 때 네가 모든 걸 바꿀 수 있다고 생각한 '그때'로 돌아가 있을 거라고. 이번에는 완전히 다른 삶을 만들어 보라고. 미래의 '당신'은 눈을 감습니다.

깜빡.

과거에 오신 걸 환영합니다. 미래의 '당신'이 바라던 소원은 이루어졌습니다. 그렇게 기적처럼 다시 얻게 된 기회가, 모든 것을 바꿀 수 있는 '그때'가 바로 지금입니다.

삶의 마지막 순간까지 후회로 남겨질 모든 것을 바꿀 수 있는 '그때'로 돌아왔습니다.

이미 늦었다고 생각했지만
충분히 많은 것을 바꿀 수 있는
지금입니다.

물론 코인은 이미 올랐고, 로또 번호도 적어 오지 못했지만, 이것만큼은 주기적으로 떠올려봅시다.

우리는 후회를 바로잡기 위해
기적처럼 돌아왔다는 그 마음가짐을.

○ 시작과 끝

언젠가 한 해가 시작되는 첫날에 들었던 의문입니다.

'왜 새해는 이렇게 추운 한겨울에 시작될까?'

계절은 '봄, 여름, 가을, 겨울' 순서입니다. 새 학기도 봄에 시작하고, 자연도 따뜻한 봄에 싹을 틔우며 비로소 새롭게 시작되죠. 그런데 왜 모든 게 저물어 앙상한, 누가 봐도 마지막 그 자체인 한겨울에 1월이 시작되는 걸까요?

대체 누가 만든 체계인지, 무슨 생각으로 만들었는지 이해가 되지 않았습니다. 쏘아올린 신호탄처럼 봄날에 솟아나는 새싹에 맞춰 온 세상이 출발하도록 세팅된 것 같은데. 어차피 돌고 도는 계절이라지만.

그런데 유난히도 허망하게 저물었던 지난 한 해를 마무리하며 조금 다른 생각이 들었습니다. 붙잡고 달려오던 모든 것이 마무리를 향하는 적잖이 허탈한 시기.

안 그래도 힘겨운 이 시기가 그저 끝나기만 하는 계절이라면 얼마나 더 황량하고 쓸쓸했을까요? 의도한 것인지는 모르겠지만, 그 옛날의 누군가가 이 시린 계절의 중간에 1월을 떡하니 배치했네요. 덕분에 우리는 가장 혹독한 겨울의 중간에 새해를 축하하고 기원하며 새로운 희망을 채우게 되었습니다.

다시 보니 한 해의 배치가 우리와 많이 닮았습니다. 쪼글쪼글하고 연약한 모습으로 아무것도 쥔 것 없이 우리는 시작됩니다. 눈도 제대로 뜨지 못하고 울어대는 이런 모습도 시작이라 온통 희망과 기대와 축복입니다.

시간이 지나며 비로소 파릇파릇 돋아나
부모님의 미소가 되었다가.
가장 빛나고 우거진 계절, 청춘
그 찬란함으로 피어났다가.
열심히도 땀 흘려 달리는 그 뜨거운 계절을 지나
보내온 시간 들이 무르익는 수확의 시기를 거쳐.
이내 하나씩, 하나씩 떨구어 내는
내려놓음의 계절을 거쳐.
다시 쪼글쪼글하고 연약한,
시리고 새하얀 계절로 저물어 갑니다.

참 많이 닮았습니다. 우리는 겨울에 시작하여 겨울에 끝납니다. 덕분에 가장 연약하고 시린 이 계절의 절반은 기대와 희망입니다.

불만으로 시작된 의문이 의식의 흐름을 거쳐 제법 긍정적인 결론으로 마무리되어 다행입니다. 물론, 우리도 계절처럼, 저무는 것으로 끝나지 않고 새해와 같은 또 다른 시작으로 이어지지 않을까요?

이 시작과 끝에 또 다른 의문이 달라붙기 전에
서둘러 잠을 청해야겠습니다.

참 많이 닮았습니다.

○ 가장 좋은 것

　기간 한정 신메뉴를 먹고야 말겠다는 신념으로 팀원들과 15분이나 걸어서 햄버거를 먹었던 날이었다. 거창한 홍보치고는 너무 평범한 맛이라 실망이 스치려다가 어떤 놀라운 광경 하나에 쏙 들어가버린다. 같이 있던 일행 중 한 명이 햄버거는 포장도 뜯지 않고 감자튀김만 하나하나 집중적으로 먹고 있던 것이다.

　"햄버거는 왜 안 먹어요? 어디 안 좋아요?"

　"아니요, 저는 원래 같이 안 먹고 하나씩 먹어요."

　그렇게 감자튀김을 모두 해치우고서야 햄버거를 집어 들고 한발 늦게 평범한 신메뉴에 실망을 토로하는 것이다.

　생각해보면 흔한 식사 자리에서도 사람마다 서로 다른 성격이 고스란히 드러난다. 모두 똑같은 메뉴로 똑같이 식사하는 급식 시간이 특히 그랬다. 제일 맛있는 반찬은 하나도 먹지 않고 남겨두었다가 마지막에 먹는 사람, 맛있는 반찬 먼저 먹어 치우는 사람, 한번은 이 반찬에 한 술, 다음은 저 반찬에 한 술씩 뜨는 사람, 마지막 한입까지 모든 반찬을 칼같이 분배해서 먹는 사람.

내 식사 방식은 굳이 따지자면, 제일 맛없고 못생긴 부분부터 먼저 먹어버리는 습관이 있었던 것 같다. 별로인 것들부터 꾹 참고 먹어 치워버리고 좋아하는 것들만 남겨놓아야 마음이 편해지는 심리였을까.

하루는 내 습관을 눈치챈 엄마가 이런 이야기를 들려주셨다.

"어떤 사람이 도토리를 먹고 있는데, 항상 제일 못생긴 것부터 먹었대. 그다음으로 못생긴 거, 또 그다음으로 못생긴 거. 그렇게 먹게 되면, 그 사람은 마지막 한 알까지 결국은 남아있는 것 중에 제일 못생긴 것만 먹게 된 거야. 처음부터 끝까지 못생긴 도토리만 먹은 사람.

그런데 다른 한 명은 제일 예쁜 도토리부터 먹었대. 제일 예쁜 도토리, 그다음 남아있는 것들 중 제일 예쁜 도토리. 결국 그 사람은 마지막까지 예쁜 도토리만 먹은 거야."

이렇게 듣고 보니 단순한 마음의 차이가 내 삶에 너무나 큰 변화를 만든다는 것을 알게 되었다. 좋아하는 것을 아끼느라 평생을 싫은 것만 하는 사람이 될 수는 없는 것이다. 좋아하는 것이 우선이다. 식사 중간에 배가 부르면 남겨지는 것은 가장 싫어하는 것이어야 맞다. 아끼느라 남겨둔 제일 좋아하는 반찬을 배가 불러 먹지 못하는 미련한 짓은 하지 말아야지. 가장 배고프고 가장 맛있게 먹을 수 있는 그 황홀한 첫입은 가장 예쁘고 좋은 것이어야 한다.

하루하루 일상에 그렇게 큰 변화야 있겠냐마는, 아주 사소한 선택의 순간에도 나는 그중에 가장 좋아하는 것을 아끼지 않기로 한다. 작은 차이일지는 몰라도 내 하루는 가장 좋은 것들로 채워지는 것이니.

그렇게 이야기를 마친 엄마는
여느 때처럼 제일 맛있고 예쁜 부분을 골라서,
내 밥 위에 올려주셨다.

○ 영감을 찾아서

 사람의 기억력이란 얼마나 불완전한지요. 망각이라는 것이 인간에게는 축복이자 저주라고 하는데 참 야속하기도 합니다. 삭제하고 싶으나 유난히 또렷해지는 기억도 있고, 간직하고 싶지만 아득하게 희미해지는 기억도 있으니까요.

 분명 번뜩이는 좋은 소재가 떠올랐는데, 막상 자리를 잡고 풀어내려 하면 윤곽만 겨우 남아있을 때가 많습니다. 특히, 나름의 창작 활동을 시작하고부터는 순간적으로 스쳐 가는 생각을 놓치는 것이 너무나 뼈아파 그 자리에서 당장 기록하는 습관이 생겼습니다. 휴대폰 메모장, 작업 중이던 파일 한쪽 귀퉁이, 대화 중이던 메시지까지 잡히는 대로 기록을 합니다.

 머리를 싸매고 쥐어짤 때는 그렇게 떠오르지 않던 생각들이, 잠시 내려놓고 딴짓을 할 때 몰아치는 경우를 유난히 많이 접하고 있는 것입니다. 양치하다 말고 칫솔을 문 채로 뛰어나가 기록하기도 하고, 머리를 감다가 생각이 휘몰아쳐 부랴부랴 씻어내고 뛰쳐나가 기록을 하기도 합니다.

'유레카!'라는 외침이 왜 목욕탕에서 울려 퍼졌는지 조금은 이해가 됩니다. 흐름을 끊어주고 잠시 시선을 돌리는 순간, 둑이 터지듯 흘러나오는 생각들이 참 많습니다.

그런데 그렇게 잠시 생각을 풀어놓는 것도 더 이상 쉬운 일만은 아닙니다. 출근길 지하철, 바글바글한 그 많은 사람은 매번 바뀌지만, 장면은 항상 똑같지요. 비슷비슷하게 생긴 작고 네모진 기계 하나씩 들고, 서로 다른 무언가에 열중하고 있습니다. 엄청난 손가락 움직임으로 친구와 대화하거나, 밀린 드라마를 정주행하거나, 웹툰을 무아지경으로 올려보거나, 불편한 자세로 서서 게임도 잘만 해냅니다.

기다리던 퇴근 후의 그 짧고 소중한 시간 역시 마찬가지. 혼자 식사를 할 때는 괜찮은 영상 하나 틀어놔야 그제서야 먹기 시작하는 이들도 있습니다. 당최 적당한 영상이 보이지 않으면 음식이 점점 식어가도 끝없이 화면을 내리며 밥 친구용 영상을 찾기도 하지요. 잠이 드는 순간까지도, 하염없이 재생되는 화면을 툭 떨어뜨리며 잠에 들기도 합니다.

혹시라도 밖에서 배터리가 떨어지기라도 하면, 그 상실감과 무력함은 이루 말할 수 없지요.

항상 이 작은 기계 하나로 무엇이든 열중하고 있으니, 그야말로 잠깐의 자투리 시간조차 무언가로 채워져버리는 요즘입니다.

자리를 비워주어야 새로운 것들도 흘러들어올 수 있는 법이지요. 왜 수많은 창작자가 작업이 막힐 때마다 영감을 위해 하염없이 걷는지, 조용한 곳으로 훌쩍 떠나버리는지, 조금은 이해할 수 있을 것도 같습니다.

새로운 생각은 무언가에 열중하지 않는 빈 공간, 여백에 찾아옵니다. 생각해보니 요즘은 온전히 비워내는 시간이 있기는 한지 모르겠습니다. 제대로 '가만히' 있어본 게 언제인지.

현란한 볼거리를 잠시 내려놓고 길을 내어야겠습니다. 창의력과 영감이, 답답함을 뚫어줄 실마리가 흘러들어올 수 있는, 길을 내어야겠습니다.

가끔 꿈을 꾸면 '이게 정말 내 머리가 만들어낸 생각이 맞는지' 의심스러울 정도로 예상치 못한 장면이 등장하기도 합니다. 너무 생생하기도, 너무 황당하기도, 한 번도 생각하지 못한 내용이 아무렇지 않게 펼쳐지기도 하지요. 블록버스터 영화 한 편이 뚝딱 머릿속에서 펼쳐지기도 합니다. 의식적으로 만들어내는 영역 외에도 이렇게 잠재력이 가득합니다. 우리의 상상력은.

그 무한의 영역에서 흘러들어오는 영감을 맞이하기 위해, 오늘은 아무 노래도 나오지 않는 이어폰을 꽂은 채 한동안 걸어야겠습니다. 휴대폰은 주머니에 넣어둔 채로, 그저 지나가는 장면 하나하나

눈에 담으면서.

　매일같이 지나다니던 건물 2층에 와플 가게가 있었네요. 여직 몰랐던 것이 더 신기할 따름인 사소한 발견들은 덤입니다.

○ 그때는 또 어떤 기준이 중요할까요?

　　초등학교 5학년이었나, 갑자기 자리도 마땅치 않은 공간에서 오른쪽 송곳니가 비집고 자라기 시작한 것이. 몇 달 지나지 않아 뾰족한 덧니가 완전히 자리를 잡았습니다. 웃을 때 살짝씩 보이는 송곳니가 드라큘라 같기도 하고 딱히 싫지 않았습니다. 그때는 TV에서도 덧니를 가진 연예인들이 심심치 않게 등장했고, 매력 포인트로 생각하는 사람들도 있었으니까요.

　　시간이 지나니 TV에서도, 주변에서도 덧니를 가진 사람을 보기가 점점 어려워집니다. 종래에는 '치열이 고른 사람'을 이상형으로 꼽는 이들도 늘어나고, 연예인들은 가지런한 치아를 위해 멀쩡한 이를 갈아 라미네이트로 덮어버리기도 합니다.

　　덧니에, 약간의 부정교합까지. 썩 고르지 못한 치아가 부쩍 신경 쓰이기 시작했습니다. 이럴 줄 알았으면 어릴 때 교정할걸. 코로나로 몇 년이나 마스크를 쓰고 다닐 줄 알았다면 그때라도 교정할걸.

　　상황이 바뀌면서 예전에는 신경 쓰이지 않던 것들이 신경 쓰이고, 때로는 나를 위축시키기도 하는 것이었습니다.

어느 순간 남자들이 너도나도 눈썹 문신을 하기 시작합니다. 반듯하고 고르게 정돈된 눈썹이 인상을 꽤 많이 좌우하는구나 생각하게 됩니다. 이제는 너무 산처럼 솟은 제 눈썹이 거슬리기 시작하더군요. 중요한 촬영을 앞두고 고민하다가 결국 눈썹 문신을 예약했습니다.

나름 유명한 분이었는데, 건물 앞에 도착해야 메시지로 정확한 주소를 보내줍니다. 찾아가서 오피스텔 문을 똑똑 두드리니 안에서 철문을 열어줍니다. 의료 행위가 아닌 시술은 합법이 아니라고는 들었지만 이렇게 비밀스럽게 접선하다니, 다른 사람들도 다 이런 과정을 거쳐서 예쁜 눈썹을 완성한 걸까요.

들어가자마자 상담도 받기 전에 눈썹에 마취 크림부터 듬뿍 바릅니다. 마취가 되는 동안 상담을 하는데, 막상 이 반듯한 눈썹이 언제까지 유행일지, 의문이 들기 시작합니다. 흰 초크와 실을 이용해 순식간에 눈썹 라인이 디자인됩니다. 여기저기 많이 보이는 그 반듯한 눈썹. 깔끔하지만 너무 낯설어 보이는 거울 속 얼굴이 마음에 걸립니다.

"이렇게 진행할까요?"

"잠깐만요."

결국 시술은 포기하기로 했습니다. 다행히 이런 경우가 없는 건 아닌지, 거듭 사과드리니 이해해주시더군요. 예약금은 날렸지만 후회는 없습니다. 언제 또 찾아가서 똑똑 문을 두드릴지는 모르겠지만, 지금은 익숙한 제 눈썹으로 살기로 했습니다.

큰 충동을 넘겼지만, 그 뒤로도 눈매 교정이 유행하니 살짝 처진 눈이 거슬리고, 수염 제모가 유행하니 매일 아침 면도하는 게 그렇게 귀찮을 수가 없습니다.

물론 심각한 콤플렉스가 있다면, 이 발달된 기술의 도움이 뭐가 문제가 되겠어요. 더 나은 모습으로, 더 높아진 자존감으로, 더욱 스스로를 사랑하는 삶이라면야.

그러나 만족으로 끝나지 않고 더 많은 욕심으로 이어질까 겁이 납니다. 당장에도 신경 쓰이는 부분이 이렇게 많은데.

거울 속의 잘 디자인된 눈썹이 깔끔하겠지만, 수염 없는 얼굴이 그렇게 깨끗해 보이지만. '반영구', '영구' 같은 말을 넘어서지는 못하겠습니다. 영구적이라는 것. 되돌릴 수 없다는 것의 무게감이 상당한 것입니다.

이 반듯한 눈썹의 시대가 끝나고, 언젠가 저처럼 솟아오른 눈썹이 유행하는 시기가 오면요? 수염을 기르고 싶어지는 날이 혹시라도 온다면요?

기준은 돌고 도는 것이니
본연의 나를 끼워 맞출 필요는
없다는 생각이 들었습니다.

트렌드라는 것이 지배적인 것처럼 보이지만, 또 저마다의 매력을 드러내기도 참 좋은 세상입니다.

부끄러워 숨기면 콤플렉스가 되지만, 당당하게 앞세우면 개성이 되어 박수받는 세상이기도 하니까요.

있는 그대로의 나를 더 좋아해보아야겠습니다. 익숙한 내 본연의 모습을 더 애정할 수 있도록 스스로 아끼고 노력해야겠습니다.

그럴 때가 있지요. 가끔 예전 사진을 보면 그때는 마음에 들지 않아 어디에 올리지도 못했던 사진인데, 시간이 지나 다시 보니 그때의 내 모습이 썩 괜찮습니다.

세상의 기준도, 내 마음속 기준도. 시간이 지나면 어떤 것을 추구하고 있을지 모르겠습니다.

일단 영구적인 것은 신중하게.
지금의 약점이 든든한 무기가 되는
그런 날이 올지도 모를 일입니다.

○ 헛된 시간은 없어요

살아가면서 쌓여가는 것이 다 좋은 것뿐이라면 얼마나 좋을까요? 아쉽지만 쌓고 싶지 않았던 것도 착실하게 쌓여가는데, 그중에 가장 안타까운 것은 되돌리고 싶은 순간들이 아닐까 합니다. 실수라거나 잘못된 선택이라거나 크고 작은 실패 같은 일들 말입니다.

우리 삶에는 아쉽게도 'Control+Z' 같은 마법의 단축키도, 게임 같은 저장 기능도 없지요. 하나하나의 실패로 파생되는 이후의 단계를 우리는 온전히 겪어내며 살아가야 합니다.

다만 지금 당장의 상황만 보고 잘못된 선택이었다고 성급하게 단정하지는 않았으면 좋겠습니다. 한때는 최고였던 선택이 흑역사가 되기도 하고, 그렇게 아쉬워하던 실패가 새로운 길을 열어주기도 하니까요.

조금 천천히 판단해도 늦지 않을 겁니다.
미리 괴로워할 필요는 없으니까.

물론 두고 보지 않아도 부인할 수 없는 명백한 실패도 있겠지요. 그러나 이런 돌이키고 싶은 시간일지라도 절대로 낭비는 아니라는 것을 기억합시다.

헛된 시간이란 없어요.
돌아보고 후회하고 깨닫는 게 있다면
더 이상 헛된 것만은 아닙니다.

후회도 나름의 배움이라고 하지요.
넘어졌다면 그 자리에서 뭐라도 쥐고 일어서라고 하지요.

누구나 실패할 수는 있습니다.
다만 실패를 대하는 자세만큼은 실패하지 말아야겠습니다.

○ **벼락 맞을 행운**

　퇴근길 지하철역 앞에 복권판매점이 있습니다. 로또 명당이라며 지나갈 때마다 몇 명씩 줄을 서있는데, 오늘은 어쩐 일로 한산합니다. 마침 주머니에 현금도 있겠다, 예전의 저였다면 가던 길 돌려서 "자동 만 원이요." 같은 말을 뱉었을지 모르겠습니다. 예전의 저였다면. 요즘은 '재미 삼아'라는 이유로도 로또는 사지 않기로 마음 먹었거든요.

　일삼아서 챙기진 않아도 가끔 지나가다 보이면, 소소하게 몇천 원씩 사봤던 로또. 그 여섯 개의 숫자는 단 하나도 맞지 않는 경우가 많지만 그래도 혹시나 하는 마음에 기대를 하게 되지요. 1등 당첨 확률은 벼락을 몇 번이나 맞을 확률에 가깝다는데, 혹시 내가 그 어려운 확률을 뚫는 주인공이 되지 않을까 생각하면서요.

　누군가 남긴 명언이 떠오릅니다. 1등 당첨 확률은 한없이 0에 수렴하지만, 아예 사지 않으면 확률은 0이라는 말. 또 어떤 이들은 말합니다. 로또를 산다는 건, 당첨되면 무얼 할지 상상하는 그 일주일간의 행복을 사는 것이라고.

맞는 말일지도 모릅니다. 토요일 저녁, 운명을 가르는 그 여섯 숫자가 확정될 때까지 온갖 행복한 상상들이 머릿속에 가득할 테니까요.

좀 외곽지역에 대출 없이 자가 마련부터 하고, 회사는 그만둬도 되겠지? 아니, 당분간은 좀 부담 없이 다녀볼까? 내가 좋아하는 카페도 하나 차리고 싶은데. 차도 바꿔야지 당장 일시불로….

말은 '재미 삼아'라고 하지만, 상상할 때마다 꾸준히 진심이 배어드는데, 정말 재미로만 끝나는 사람이 얼마나 되겠어요. 이런저런 생각들이 꼬리를 물다 보면 어느새 당첨금 수령 방법을 검색하고 있는 나를 발견하게 됩니다.

그런데 생각해보니, 일주일 내내 떠올린 이 행복하고 거대한 목표들을 하루아침에 실현할 방법은 오직 '로또 당첨'밖에 없습니다. 우리 눈이, 우리 목표가 로또 1등 당첨금을 기준으로 무럭무럭 설계되고 있습니다. 매주 토요일 물거품이 되면서도, 아주 드물게 주어지는 5,000원 당첨을 위안 삼으며 다시 수십억 단위의 목표를 되살려냅니다.

꿈은 크게 갖는 것이 좋다지만, '어떻게'의 영역은 벼락 맞는 것보다 희박한 확률로 하루아침에 덜컥 이루어지길 바라고 있는 것이었습니다. 평생 당첨되지 않는 것이 사실은 당연하고 훨씬 가능성 높은 일인데도 말입니다.

그 희박하고 거대한 목표들 앞에서, 당장 차근차근 이루어낼 수 있는 작고 확실한 목표들은 너무 보잘것없는 무언가가 되어버립니다.

그냥 재미 삼아 산 로또 몇 장으로 행복한 상상을 했다고 여겼는데, 가장 중요한 내 삶의 기준이 참 많이 망가질 수도 있겠다는 생각이 들었습니다.

그냥, '평생 로또를 샀는데 죽을 때까지 당첨되지 않았다는 사실'을 수십 년 빨리 알게 된 것으로 결론짓기로 했습니다.

그 어려운 확률을 뚫고 어떤 이는 벼락을 맞고, 어떤 이는 로또를 맞고, 대부분의 사람은 그 어느 것도 맞지 못합니다.

그 대부분을 차지하는 보통의 확률, 보통의 범위 안에서 일어나는 보통의 삶에 더 집중해야겠습니다.

하루아침에 얻어질 수 있지만 가능성은 0에 수렴하는 수십억 원보다, 당장 내 힘으로 더 쌓을 수 있는 수십만 원이 가치 있지요.

머릿속에서 로또 1등이라는 거의 불가능한 대안 하나를 지워버리면 비로소 집중해야 할 목표들이 눈에 들어오더군요. 이제 그 누군가의 말처럼 당첨 가능성은 0이네요. 이제 미련 없이, 아쉬움 없이 내 힘으로 달려야겠습니다.

이 작은 목표들이 쌓이고 쌓여, 언젠가는 꿈꾸던 그 당첨금 이상의 것을 이루어낼지도 모를 일입니다. 이제 제힘으로 이루어낼 목표가 되었으니 이러고 있을 시간이 없네요.

숫자 여섯 개가 아니라
온전히 하루하루를 쌓아서 이루어내봅시다.
그 인생 역전이라는 것.

○ 주인이 아님을

오늘부터 다이어트를 시작합니다. 아마 올해만 벌써 30번쯤 시작했지만, 어쨌든 새로운 시작입니다. 닭가슴살을 데우고, 양배추를 채치다가 순간 울컥합니다. 왜 사람은 살이 쪄서 이렇게 번거롭고 괴로운 다이어트를 끝없이 이어가야 하는 걸까요? 아마 굶을 일은 없으니 지방 같은 거 축적하지 않아도 되는데.

'지방은 쌓아두지 말고 그냥 통과시켜!'

내가 결정할 수가 없습니다. 내 몸인데.

그러고 보면 내 몸인데 내 맘대로 되지 않는 게 참 많습니다. 중요한 발표를 앞두고 요동치는 심장을 진정시키고 싶어도 이 박동 하나 뜻대로 되지 않습니다. 아침에 일찍 일어나야 하는데 당최 잠이 오질 않아도, 뜻대로 전원조차 꺼버릴 수가 없습니다.

그뿐인가요? 더 크고 싶었는데 제 키는 왜 이런 애매한 구간에서 내 허락도 없이 마음대로 성장을 멈췄을까요? 여름엔 더위 타고 겨울엔 추위 타고. 적정온도 유지도 이렇게 어려울까요. 매일 아침 면도하는 것도 귀찮은데 수염 생산 중단은 당연히 불가능하지요. 내 몸인데, 생각할수록 내가 결정할 수 있는 게 없습니다. 이 정도로 알아서 돌아가는 몸뚱이를 보고 정말 내 몸이라고 소유권을 주장할 수는 있는 걸까요?

만약 평생 사용할 물건을 구입한다면 신중하고 또 신중하게, 마음에 드는 디자인과 기능을 찾으며 고민했을 텐데. 딱히 취향에 맞는 외관도 아닐뿐더러 반품하고 싶은 하자도 여럿 있을지 모르겠습니다. 이렇게 나의 결정이 너무나 결여된 나 자신이라니, 생각할수록 이상하지만 그래도 어쩌겠어요. 이러나저러나 주어졌으니 꾸리고 살아야지요.

뜻대로 안 되고, 마음에 들지 않는 부분도 있지만, 어떤 이는 부족한 자신도 마음 다해 사랑합니다. 또 어떤 이는, 전혀 부족함 없어 보여도 남들에겐 너무 사소한 결점 하나에 스스로를 비관하기도 하고요.

결국 중요한 건 받아들이는 마음에 달려있겠지요. 있는 그대로의 내 모습을 인정하고, 부족함도 훌륭함도 있는 그대로 받아들이고, 이해가 어려운 부분을 알아가려 노력하는 그 마음 말입니다.

나를 탐탁지 않아 하는 사람 앞에서 유독 주눅 들고, 나를 좋아해주는 사람 앞에서 더 힘이 나듯. 나를 좋아해주는 내 모습이 나를 더 높이, 더 멀리 나아가게 해줄 겁니다.

하지만 이 마음이라는 것도 몸처럼 뜻대로 흘러가주지 않는 건 마찬가지일 겁니다. 내 뜻과 상관없이 누군가를 미워하고, 멋지게 이해하고 싶지만 서운해지고, 친절하고 싶지만 짜증이 솟아나오고. 겉으로는 축하하면서도 속으로는 질투가 올라오기도 하고.

원하는 건 세상 쿨하고 당당한 대인배였으나, 내 뜻대로 바꿀 수 없는 마음이라. 가끔은 그 결과로 빚어진 옹졸한 모습이 참 별로라는 생각을 합니다.

외관이야 손상되면 알아보고 수리라도 하겠지만, 서서히 망가지는 마음이라면 알아차리기도 전에 주저앉아버릴지 모르니. 어쩌면 이 뜻대로 되지 않는 마음을 몸보다 더 주의해야겠습니다.

생각의 끝에서 저는 '이 몸도 마음도 그냥 내 것이 아니라고' 결론짓기로 했습니다. 결론이 좀 뜬금없지요? 어차피 내 뜻대로 따라주지 않을 이 몸과 마음, 내 것이 아니기 때문에 끊임없이 다독이고 설득하고, 만들고 싶은 그 모습으로 나아가도록 유도하며 살아야지요. 나 자신도 설득이 필요한 존재라, 내가 바라는 길로 들어서도록 어르고 달래는 노력이 필요한 겁니다.

저는 그저 주어진 이 몸과 마음 '유지 관리' 하는 사람일 뿐입니다. 잘 임대해서 쓰고, 그 쓰임이 다하면 잘 반납하고 돌아가는 것.

뜻대로 되지 않아 스스로 아웅다웅하는 게 의미가 없다고 인정해버리니 마음이 조금은 편해진 것 같습니다.

　설득하는 이도, 설득당하는 이도 나 자신이지만, 잘 설득하려면 잘 알아야 하는 법.

　왜 나는 생당근은 먹는데 익힌 당근은 못 먹을까? 아, 이 물컹물컹해지는 식감을 못 견디는구나. 그래서 가지나물이나 애호박도 못 먹는 거겠지. 애호박이랑 오이는 비슷해 보이는데 오이는 잘 먹잖아? 아, 오이는 익혀 먹을 일이 없으니 거부감 없이 먹을 수 있는 거구나.

　오늘도 나라는 사람에 대해 조금씩 관찰하고 알아가고, 받아들이는 중입니다. 이 몸과 마음 사용법도 조금씩 완성되어 한층 나 자신에 대한 전문가가 될 수 있기를.

나를 믿어주는 중입니다

당신의 하루에
눌러 담기
버거울 만큼

기쁘고
반가운 일들만
가득 넘쳐나길

○ 비교 없는 행복

비교나 경쟁 같은 거 거부합니다.
내 기준에서 내 방식대로 행복해볼게요.

숫자를 참 좋아하는 세상이라는 생각을 합니다. 키가, 몸무게가, 나이가, 성적이, 연봉이, 자산이…. 누가 정한지도 모르는 기준인데, 충족하면 자랑하고 못 미치면 질투하며 그렇게들 힘들게 살아갑니다.

내 경쟁이 끝나면 드디어 마음이 편안해질까요? 아마도 그다음은 우리 애 키가, 우리 애 성적이, 우리 애 연봉이….

비교와 경쟁의 반복입니다. 자녀의 성취가 부모의 업적이 되고, 잘되면 부모 자식 줄줄이 콧대가 하늘을 찌르지만, 또 기대에 못 미치면 온 가족이 줄줄이 패배주의에 젖어버리고야 마는 그런 현실 말입니다.

내 행복을 다른 이들과 견주어야만 측정할 수 있다니, 행복은 절대적인 것이 아니었나요? 멀쩡히 자신의 삶을 잘 살아가는 사람이 누군가의 기준에는 불행의 영역에 있었다는 이유로, 영문도 모르게 불행한 사람이 되어버리는 일은 없어야 하잖아요. 옆집의 누구보다, 엄마 친구 아들, 딸보다 행복한 게 아니라 '내가' 이만큼 행복하면 되는 겁니다. 내가 안착할 그 행복의 영역을 설정하는 것 또한 '나 자신'이어야 하고요.

행복의 크기를 겨루어 보기 시작하면 결국 어느 한쪽은 상대적으로 불행한 위치가 되거든요. 그렇게 겨루어서 행복으로 상대방을 꺾은 다음은요? 조금 더 앞에 있는 사람이 눈에 들어오게 되고, 내 행복은 다시 상대적으로 자그마한 무언가가 되어버립니다.

왜 사람의 눈은 앞에만 달려있어 자신보다 앞선 이들만 보며 불행해하는 이들이 이렇게도 많을까요. 삶이 한 방향도 아니고 어떤 길에서 뒤처지면 어떤 길에서는 의도치 않게 앞서기도 하는 것인데.

남의 인생 곁눈질 멈추고 깔끔하게 제 갈 길 가보는 겁니다. 걷고 싶으면 걷고, 힘들면 드러누워 쉬기도 하고, 한 번쯤 정처 없이 옆길로 새기도 하고, 다시 기운 차려 나아가고. 남의 삶이 아닌 내 앞에 주어진 풍경 두루두루 둘러보며, 순간순간을 눈에 담으며 살자고요, 우리.

어쩌면 남들의 일상 하나하나 너무 쉽게 접할 수 있는 세상이라 인생 난이도가 올라가나 봅니다. 예전에는 어머니들 모임 있는 날이나 '엄마 친구 딸은~' 하고 시작되던 남의 소식이었는데, 이제는 사방에서 '나는 이렇게 행복하고 잘났어요.' 하는 게시물이 쏟아지는 세상입니다. 휴대폰을 열어볼 때마다 순간순간 남의 삶과 견주어보는 생활이 얼마나 피곤한지.

하지만 명심합시다. 화면 너머로 보이는 '남들의 행복하고 연출 섞인 장면들'과 '당신의 일상'을 비교하지 말아요.

기록하고 자랑하고 싶은 행복한 장면들을 몰아 보게 되지만, 이게 절대 평균적인 일상은 아니라는 것. 그들 모두가 대부분의 평범한 날과, 가끔의 구질구질한 날과, 드물게 자랑하고 싶은 인상적인 하루를 보내고 있다는 것. 그 드물게 인상적인 하루하루가 모여 있는 공간에서 한껏 올려치기 된 행복의 기준이 아니라, 화면 밖 당신의 썩 괜찮은 장면들에 더 집중해야 한다는 것.

잊지 말아야겠습니다.

유난히 비교하고 눈치 주는 걸 좋아하는 세상이지만, 내 행복을 가늠할 때 유일하게 돌아보고 눈치 봐야 할 대상은 오로지 나 자신이라는 것을.

우리는 조금 덜 비교하고
조금 덜 눈치 보며
우리 행복에 집중하기로 하자.

○ 젊고 젊다

> 너무 철들지 않고
> 나이 들어가고 싶다.

누군가는 나이가 들어가는 것을 점점 기회의 문이 닫혀가는 과정이라 표현한다. 비단 이 사회가 기준을 들먹이며 기회를 차단하는 것뿐만이 아니다. 떠올려 보면 스스로의 기준에 가로막혀 혼자서 흘려보내는 기회가 새삼 그렇게나 많다.

이미 늦었다느니, 이 나이에 주책이라느니, 남들이 욕한다느니. 유독 '나이에 걸맞게' 보여야 한다는 강박이 만연한 사회인 것 같다는 생각을 한다. 그런 마음가짐이 성숙한 것이라면 그냥 철없는 어른이고 싶다는 것이다.

사실 젊음이라는 것은 상대적이라, 학교에서는 화석 취급 받던 고학번도 사회에 나오는 순간 귀여운 막내가 된다. 어떤 마을에서는 60대의 지긋하신 '청년회장'이 어른들 잔소리 듣는 젊은 막내가 되기도 하고.

남은 날들 중 지금의 내가 가장 젊고, 누군가의 조언을 받아들일 줄 아는 나는 젊고, 아직도 가보지 못한 길이 너무나 많은 나는 젊다. 멈춰버리지 않은 모든 이들이 젊다.

　　　　하고 싶은 것, 할 수 있는 것.
　　　　더 하고 살아도 괜찮을 것 같아요.
　　　　이대로만 살기에는 제가 너무 젊어서요.

　　새로운 꿈을 위해 다시 배움을 시작한 늦깎이 만학도도, 치매 예방을 위해 시작한 랩이 삶의 낙이 되어버린 어르신 래퍼도, 남들 다 은퇴할 때 노후 생활 대신 창업을 택한 어느 80대 스타트업 대표님도. 스스로 하기 나름이고, 스스로 잘하면 응원받는 것이다. 주어진 길에 부끄럼 없이 충실할 때, 나이 같은 건 누구도 문제 삼지 않으니 마음속에서 미리 포기하지 말자.

　　　　하지 못하는 일들이 많아지는 이유가
　　　　나이 때문이면 안 돼.

　　그런 의미에서 변화가 두려워지는 순간이 아직 오지 않아 다행이다. 아직 더 변하고 싶어서 다행이다.
　　한창 직장생활 하다가 뒤늦게 글도 쓰고, 이렇게 책도 내보고. 이것저것 도전하기 위해 참 많이도 고민했다. 많이도 걱정하고 많이도 포기해봐서 안다. 조금 늦은 도전이지만 그렇게나 많은 응원을 받아보니 이제는 안다. 괜히 걱정했다. 더 해봐야겠다.

그리고, 나이로 위축될 때는 기억하자.

누가 뭐래도 당신은 젊어요.
쟤네가 어린 거고.

○ 행복 인플레

　요즘 생긴 취미랄까, 소소한 행복이랄까. 점심시간이나 퇴근길에 꼭 편의점에 들르는 습관이 생겼습니다. 또 새로 나온 제품은 없는지 틈만 나면 편의점을 향합니다. 진정한 프로는 조금 멀리 돌아가더라도 편의점 두세 군데를 고르게 돌아가면서 방문하는 법입니다. 오늘은 제법 입맛에 맞는 제로 음료를 발견했습니다. 그것도 1+1이라 더 흡족한가 봅니다.

　요즘은 그야말로 매일매일 신상이 쏟아집니다. 편의점도, 마트에도, 온갖 패스트푸드 브랜드에 프랜차이즈 식당들까지. 일일이 한 번씩 맛보는 것도 불가능할 정도로요.

　그런데 이 수많은 신상 중에 막상 '이거다!' 싶은, 썩 만족스러운 제품을 찾는 건 굉장히 드문 일입니다. 호기심에 한 번 먹어보고 이내 다시 찾지 않는 경우가 대부분이구요.

　어디 먹을 것뿐인가요. 여러 플랫폼에는 수도 없이 볼거리가 넘쳐납니다. 예전에 어른들은 TV가 바보상자라고 했던가요. 이제 TV는 아무것도 아닙니다. 더 어마어마한 녀석들이 나타났다고요.

지금도 실시간으로 쏟아져 나오는 그 많은 콘텐츠. 그런데 막상 딱 보고 싶은 영상을 찾기란 쉽지 않아서 '풍요 속의 빈곤'이라는 표현을 끊임없이 체감합니다.

세상은 참 많이 살만해졌습니다. 풍요로워졌다는 표현이 틀린 말은 아닐 겁니다. 하루하루 먹고사는 것을 걱정하던 인류는 이제 굶는 것보다 영양 과잉을 걱정할 정도니까요. 돈을 내고 자리싸움까지 하면서 땀 흘리러 가는 헬스장을 보세요. 자발적으로 이렇게 강도 높은 고생을 사서 하며, 엄청난 동력이 대가 없이 그저 소모되는 이 공장 같은 소각장을.

그러나 세상이 이렇게 풍족해져서 점점 더 행복해지고 있는지 묻는다면 잘 모르겠습니다. 고르기 힘들 정도로 많은 음식에 둘러싸여 있지만, 어린 시절 아빠가 사오시던 매번 똑같은 과자보다 나은지 묻는다면 잘 모르겠습니다.

목록을 내려도 내려도 끝이 없는 콘텐츠에 빠져 살지만, 어린 시절 목이 빠지게 기다리던 만화 시간보다 즐거운지 묻는다면 잘 모르겠습니다.

매일매일 쏟아지는 신곡을 손가락 하나로 골라서 들을 수 있지만, 어린 시절 닳고 닳도록 돌려 듣던 몇 안 되는 앨범보다 마음을 울리는지 묻는다면 잘 모르겠습니다.

너무 많은 것이 쏟아져 나오니, 하나하나에 온전히 애정을 쏟기가 어려워졌나봅니다. 너무 많은 것에 둘러싸여 살다 보니, 행복의 기준도 점점 더 높아지고 있다는 생각을 합니다.

이런 말이 있는지는 모르겠지만, '행복 인플레'라고 할까요? 훨씬 많은 것을 들여도 오히려 이전만큼 행복감을 얻어내는 게 참 어려워진 세상이니까요.

어느 복권 당첨자가 돈을 얻는 대가로 잃은 것을 떠올려봤다고 합니다. 맛있는 것이 생겼을 때, 가족들 더 먹으라고 서로 양보하고 미루다 상해버릴 정도로 아끼던 그 소중한 마음이라고 했습니다.

무엇이든 많으면 좋다지만, 부자가 된다고 과연 더 행복하기만 할까요? 지금의 아이들은, 스마트폰도 없이 놀이터에서 흙장난이나 하던 그 시절보다 행복할까요?

돈이 많으면 남부럽지 않겠지요. 그러나 행복의 기준이 되지는 않을 겁니다. 어쩌면 소중한 것이 보잘것없어지지 않는, 소중한 것이 소중함으로 느껴지는 수준. 딱 그 적당함을 좇아야 할지도 모르겠습니다.

그런 의미에서 돈을 좇다가, 정작 진정으로 지켜야 할 것들에 소홀해지는 일만은 없었으면 좋겠습니다.

○ 놓아버리지만 않는다면 언젠가

해야 하는 일에 치여도
하고 싶은 일을 놓치지 말 것.

당장 먹고사는 일에 치여, 꺼내어보지도 못하고 잦아드는 꿈들이 그렇게 안타까울 수가 없다. 잘하는 것, 좋아하는 것이 생업의 영역까지 거뜬하다면 더할 나위 없겠지만, 좋아하는 일만으로 먹고사는 이들이 대체 얼마나 될까. 그것이야말로 축복인 것이다.

내가 가고 싶은 길을 가고
그 길도 나를 반겨주는 것만큼
행복한 일이 있을까요.

하고 싶은 일과 해야 하는 일이 나뉘는 순간부터 비극은 시작되고 만다. 내가 좋아하는 길이 돈벌이와는 거리가 멀다는 것. 혹은 돈벌이로 이어질 정도의 재능까지는 없다는 것. 돈벌이까지 이루도록 이 길을 이어갈 여비가 부족하다는 것. 이런 현실을 실감해버리는 순간 말이다.

하지만 분명한 건 이 잠깐의 멈춤에도, 내가 달려온 그 길, 가고자 바라보던 그 길은 여전히 그 자리에 있다는 것이다. 닫혀버리지 않은 채로.

달려온 시간을 제대로 보상받지 못하고 다른 길을 선택해야 하는 순간. 혹은 제대로 달려보기도 전에 돌아서야 했던 그 안타까운 순간이라도. 중요한 건 그 마음을 잊지 않는 것일 테고.

잠시 돌아갈 수는 있어도 절대 멈춘 것은 아니다. 정말 절실한 마음이라면 작게 쪼개어진 시간이라도 쌓고 쌓아 기어이 멋진 탑을 이룰 테니. 완전히 놓아버리지만 않는다면 언젠가 꺼내어볼 수 있는 날은 분명 온다는 것.

당신이 지금 이 책을 읽고 있다는 것은. 야근에 치여도 잠들기 전 잠깐의 시간을 쪼개어, 조각조각 꾸준히 쌓아올린 이 책이, 결국은 피어났다는 뜻이겠지. 그 조각조각의 시간이 결국은 잘 뭉쳐져 당신에게 닿았다는 말이겠지.

그러니 이 책이 당신에게 닿았다면 기억해주길.

내가 먼저 놓아버리지만 않는다면 언젠가 길은 열린다는 것을. 그러니 조금 혹독한 현실에도 부디, 부디 의심하지 않기를. 반드시 피워내기를.

우리의 날들은
조금 더 되고 싶은 모습이 되어
조금 더 하고 싶은 일들로 채워볼까요.

○ 마음이 가는 대로

정말 나에게 맞는 속도로 살아가고 있나요?

'이 나이에는 이 정도를 이뤄놔야 해.'

누가 정했는지도 모르는 세상의 기준에 맞춰 조급해하고 있지는 않나요? 자꾸 조급해지는 이유는 분명, 기준이 내가 아닌 다른 곳에 맞춰져 있기 때문일 겁니다. 한 번쯤 돌아봐야겠습니다. 내 선택의 기준이 어디에 맞춰진 채 살아가고 있었는지.

마음이 가는 대로 살아보기로 했다.

내가 만족하는 모습이면 그뿐입니다. 세상 많고 많은 기준 모두 맞춰야 한다면 어느 누가 행복하겠어요. 모두 저마다의 속도를 살아갈 뿐입니다. 대체 누가 정한지도 모를 기준 때문에 뒤처진다고 생각할 필요가 없다는 겁니다. 꼭 사람들이 몰려가는 곳으로 쏠려갈 필요는 없어요. 인생이 패키지여행도 아니고.

이제는 가고 싶은 길을 걸어볼게요. 남들 다 가는 길에서 조금만 벗어나면 주변의 엄청난 걱정과 잔소리를 감수해야 한다니. 내가 정말로 즐겁다면 누구도 시간 낭비라고 함부로 평가할 수는 없는 겁니다.

그리고 낭비 좀 하면 어떤가요. 내가 기대하는 모습에 내가 부응하면서 살아가면 되는 거지. 남들이 기대하는 모습에 부응하는 것도 아니고 남들이 내 기대에 부응해주길 바라는 것도 아니고. 셀프로 만들고 꾸며가는 내 삶이라는 걸 잊지 말자고요.

그러니 절대로, 곁눈질하며 조급해할 필요가 없다는 겁니다. 나자신의 길은 온전히 내 것이기에, 뒤처진다고 느끼게 하는 '남들보다' 같은 기준 자체가 성립되지 않거든요.

제 길에서는 이게 정상 속도입니다.

물론 제가 정했습니다.

평가는 제가 합니다.

이게 정답입니다.

조급해하지 않기.

나만의 호흡으로 살기.

○ 끊임없이 나에게 물어보기

　내 마음은 내가 제일 잘 안다는 생각도 착각일 수 있다. 가끔 다른 이가 정의해준 내 마음에 얼마나 놀라는지. 내 마음을 제때 알아봐주는 것도 생각보다 어려운 일이었다.

　　내가 정말 하고 싶은 일인가?
　　지금 내가 원하는 길을 가고 있나?
　　아직 그 마음에 변화는 없나?

　우습게 느껴질 수 있어도, 의식적으로 나 자신의 의사를 꾸준히 물어봐야 한다는 것. 물론 내 마음이라고 해서 딱 떨어지게 이해되는 것도 아니고, 이해하더라도 이미 방향을 정해버린 마음을 어쩔 수 있는 것도 아니지만.

　어쩌면 인간관계 중에 가장 중요하고 그만큼 어려운 것은 나 자신과의 관계가 아닐까? 아무리 안 맞아도 손절해버릴 수도 없는, 끊임없이 맞춰주고 들여다보아야 하는 나 자신과의 관계.

진정으로 묻는 자와 답하는 자가 모두 행복해지기 위해 이제는 질문을 던져야 할 때다.

○ 마음 회복 마음 성장

　운동을 하면 근육은 미세하게 끊어지고 찢어지면서 손상되지만, 점점 회복하고 재생되는 과정에서 성장한다. 근육통이라는 게 없으면 '근성장'도 없는 것이다. 제 발로 돈 내고 찾아가서 무거운 쇳덩이를 휘둘러대며 온몸을 여기저기 괴롭히는 행위는 많은 이들이 새해만 되면 결심하는 대표적인 자기 관리가 되었다.

　근육에 꽂히는 반복적인 자극이라는 게 실상 고통이겠지만, 오히려 이 반가운 자극을 음미하면서 연신 '맛있다'를 내뱉는 운동인들도, 제법 익숙한 광경이 되었다. 그런데 자극으로 단련되고 성장하는 건, 사실 근육뿐만이 아니라는 걸 우리는 잘 알고 있다.

　　마음도 근육처럼
　　찢어지기도 하고
　　회복도 하면서
　　성장해가는 것.

　어쩌면 마음 단련은 운동보다 훨씬 단순할지도 모르겠다. 돈 내고 회원권 끊을 필요도, 자리가 안 나서 '혹시 몇 세트 남으셨어요?' 다른 회원에게 눈치를 줄 필요도, 꼬박꼬박 식단 관리 할 필요도, 보충제 챙겨 먹을 필요도 없다.

마음이라는 건 사회생활 하면서 숨만 쉬고 있어도 끊임없이 상처 입고 회복되고, 성장할 일이 이렇게 가득한데. 게다가 돈까지 받으면서 성장하는데. 슬프지만 나름 이득이라고 생각해봐야겠다. 너무 평온하기만 하면 마음도 근손실 오니까.

운동의 순간은 힘들지만, 뭔가 미세하게 커진 듯한 몸을 거울에 비춰보며, 포즈도 좀 취해보며, 사진도 찍으며, 가끔 SNS에 #오운완(오늘 운동 완료!) 게시물도 올리며. 우리가 마주했던 것은 분명 뿌듯함일 것이다.

마찬가지로, 오늘도 여기저기 치이며 조금은 단단해진 마음을 안고 돌아온 우리도, 마주해야 할 건 조금 더 성장했다는 뿌듯함이 맞다. 고생 많았다 우리.

그런 의미에서, 오늘 마음도 골고루 자극 잘 먹었다!

#마운완 #마음 #운동 #완료

○ 망설임

순간의 망설임으로 생겨난 아쉬움은

두고두고 기억에 남는 법이다.

유독 더 오래,

더 깊이 남는 법이다.

남들 시선을 생각하고,

지나치게 결과를 걱정하고,

시작도 전에 실패를 떠올리고.

돌이켜보면 그렇게까지 망설일 필요가 있었을까?

그냥 지나치고
두고두고 후회할 일이라면
하세요.

도전도 해보지 못하고 성급히 감춰버린 일은 기억 속에 미화된 채로 남아서 오래오래 아쉬움을 찍어내니까.

실패할 수도 있지. 관계가 멀어질 수도 있지.

하지만 성공할 수도 있잖아?

둘도 없는 사이가 될 수도 있잖아?

실패한다면 안타깝지만 배우는 것이 있겠지.

성공하면 더할 나위 없는 것이고.

물론 막상 겪어보니 생각과 너무 달라 돌아설 수도 있겠지. 단 겪어본 만큼 미련은 없겠지. 그런데 도전도 하지 않으면 가능성은 0이라고.

마음이 기우는 대로 가보겠습니다.

이번에는 후회하고 싶지 않아서요.

○ **반짝임**

가장 빛나는 시기는
너무 빠르게 지나가고.
그래서 더 빛나는 것임을
조금 더 빨리 알았더라면.

가장 빛나는 시기에는 그 반짝임이 영원할 것만 같아 소중하게 다루지도, 아끼지도 못했습니다. 느린 걸음으로 아주 조금씩 멀어져 알아채지 못하다가, 어느 날 돌아보면 저만큼 높은 곳에 두고 온 반짝임이 보입니다. 주기적으로 돌아보며, 한숨 쉬며, 그리워만 하는 그 눈부신 반짝임이 저 높이 걸려있습니다.

'전성기'를 과거로만 두는 것은 그렇습니다. 그리워하는 것 외에는 할 수 있는 것이 없습니다. 가장 높은 곳에 있는 자기 자신이 오늘 나 자신의 비교 대상이 되어, 무한의 초라함으로 가라앉는 것이지요. 우리를 허탈하게 하는 것이 과거의 '나 자신'이 되도록 내버려두면 안 되는 것이었습니다.

실은 너무나 간단한 일입니다. 저 뒤에 보이는 높고 반짝이던 나보다, 조금 더 높은 곳에 새로운 나를 올려 세우면 되는 겁니다. 조금 더 눈부시고 조금 더 반짝이는 나를. 그때보다 나이 들고, 그때보다 잃은 것이 많으면 어떤가요. 누구나 지나온 그저 어린 날의 젊음을 전성기로 착각하지 말아야겠습니다. 지금의 나는 분명 그때에 갖추지 못한 또 다른 것들을 갖추고 있을 텐데. 갈고닦은 또 다른 반짝임을 만들어낼 수 있을 텐데. 그때는 갖지 못했지만 지금이라 가능한 또 다른 모습을 만들어낼 수 있을 텐데.

저 앞에 어떤 모습으로, 어느 정도 높이로 올라서면 될지 가늠해 봅니다. 이제 내 전성기는 저 앞에 있습니다. 뒤에 두고 온 반짝임은 두 번째 반짝임인 것입니다.

이제 나는, 아직 전성기를 기다리는 중입니다. 그리고.

가까운 미래를 전성기로 만들 예정입니다.

전성기는 지나간 것이 아니라 갱신하는 것이었습니다. 삶은 파동이고 물결이고 반동이라, 물러나는 거리만큼 추진력을 얻어 솟구치기도 하는 것입니다.

언제 또다시
예상치 못한 멋진 장면이 펼쳐질지
누구도 알 수 없어요.
모든 여행이 끝날 때까지는.

당신 앞에 예상치 못해서 더 인상적일 멋진 장면이 기다리고 있습니다. 앞으로 찾아와줄 더 멋진 장면을 우리는 하이라이트로 기억하게 될 겁니다.

　너무 멀지 않은 날에 반드시 찾아와줄 가장 멋진 장면을 다시 한 번 준비해야겠습니다.

오늘도 행복이라는 녀석은 유독 나에게 조금 박하다는 생각을 합니다. 여전한 하루의 끝에서 '내일은 좋은 일이 찾아와줄까요?' 같은 글을 끄적이다 보니, 이 얼마나 수동적인 마음인가요?

좋은 일이 찾아와주지 않는다면
내가 먼저 찾아 나서면 됩니다.
행복이랑 밀당을 하지 마세요.

당기시오. 당기시오.
더 원하는 사람이 움직여야지요. 행복이라는 녀석이 나를 원하는 것보다는, 내가 행복을 바라는 마음이 더 클 테니. 비싸게 굴지 말고 움직여야지요.

찾아와주길 기다리던 그 좋은 일
이제는 직접 일으켜 보는 겁니다.

당장은 미약해도 직접 찾아 나서는 게, 가만히 기다리는 것보다는 분명 큰 흐름을 만들어 낸다는 것. 조금씩 물길을 내다 보면 어느 순간 거대한 줄기에 닿아 엄청난 흐름으로 밀려와 줄 날이 있겠지요.

　아직은 조금 막막하지만 어딘가에 분명 기다리고 있을 행복을 이제는 찾아 나서야겠습니다.

　운전을 시작하고 서너 달이 되었을 무렵인가, 어느 좁은 주차장 모퉁이에 내 차를 처음 긁어먹었던 경험이. 아직 뒤 유리에 '100% REAL 초보 운전' 스티커를 붙이던 시절이긴 하지만 그래도 충분히 지나갈 수 있는 공간이었다. 문제는 마침 내가 꺾으려는 모퉁이 쪽으로 또 다른 차들이 줄줄이 나오고 있었다는 것. 순간 마음이 조급해지니 여유 없이 핸들을 꺾어버린 초보 운전은 결국 차 옆구리를 거나하게 긁어버리고 말았다. 몇 년이 지난 지금 생각해도 속이 쓰린 그 기억. 불안한 각도로 나를 떠민 것은 뒤에서 다가오던 다른 차들이 아닌 내 조급함이었다. 다른 이들을 탓할 수도 없어 더 뼈아프다. 조급함이란 이렇게 판단을 흐리며 우리를 불안정한 방향으로 떠밀어낸다.

　한때 유행하면서 쏟아져 나왔던 수많은 오디션 프로그램에서는 이 조급함이 그야말로 핵심 콘텐츠로 사용되는 경우가 많았다. 경쟁이라는 상황 속에서 턱없이 짧은 시간 안에 무대를 완성하는 미션에 참가자들을 몰아넣는다. 어떤 이들은 그야말로 조급함 자체인 그 상황에서 자신의 페이스를 유지하며 꿋꿋하게 무대 위 자신의 모습을 완성해낸다. 그러나 많은 이들은 갈피를 잡지 못하고, 이미 척척 결과물을 내어놓는 다른 이들을 보며 초조해한다. 진전이 없는 스스로의 처지에 무너져 내리기도 하고, 무대를 제대로 소화하지 못한 모습으로 오래오래 회자되는 흑역사를 남기기도 한다. 이런 모습들은 여지없이 '악마의 편집'의 희생양이 되어 재미 요소로 소모되기도 하고.

다행인 것은 우리 삶이 짧은 시즌 안에 순위가 매겨지고 우승자가 상금과 온갖 스포트라이트를 몰아받는 서바이벌이 아니라는 것이다. 우리의 조급함을 재미 요소로 취급하는 이도 없다, 다행스럽게도.

그러니 우리 스스로를 '조급함 콘텐츠' 안으로 밀어 넣을 필요가 없다는 것이기도 하다. 앞으로의 미래가 달린 삶의 중요한 지점마다 나는, 우리는 어떠했나?

하나둘씩 주변 친구들이 대학에 먼저 합격하는 수험생 시절, 어느 집 누구는 취업에 성공해 벌써 부모님 용돈을 드렸다는 소식이 들려오는 취준생 시절, 누구는 벌써 내 집 마련에 성공했다는 소식이 들려오고, 먼저 결혼해 가정을 이루는 친구들이 생겨나는 시기. 조급함에 가장 취약해지는 이 지점마다 우리는 떠밀려 방향을 정해버리는 실수를 경계해야 한다.

조급하게 원하지도 않는 전공으로 선택을 떠밀리고, 좀 더 준비하고 싶은 꿈 대신 현실적인 길을 택해버리기도 하고, 이러다 집 장만은 영영 멀어진다는 두려움에 무리한 '영끌'로 부동산을 장만해버리는 경우를 많이도 접하게 된다.

　그리 오래 산 것도 아니지만, 조금 시간이 지나고 보면 그때 남들보다 조금 늦어지는, 고작 1~2년의 시간은 사실 앞으로의 삶에 비하면 아무것도 아니었는데. 내가 원하는 전공을 고집하며 선택한 N수도, 방황하며 늘어졌던 그 취준생 시절도 얼마 못 가 가물가물해지는데.

　그때는 왜 그렇게 평생 뒤처질 것처럼 조급했는지. 조금 더 준비하며 늦어질 시간과, 원치는 않지만 떠밀리듯 정해버린 길 중에 더 후회하는 것을 택하라면 당연히 후자인 것을.

　나를 떠민 건 주차장에서 뒤이어 몰려오는 차들도, 나보다 먼저 학교에, 직장에, 청약에 성공한 이들도 아니다. 순간순간 흐려진 판단과 함께 나를 떠밀어낸 것은 나 자신의 조급함이었다.

　판단과 결정의 주도권은 절대로 조급함에 넘겨주지 말자. 한 번 더 후진해서 여유 있게 코너를 돌고, 내가 가고 싶은 길 앞에서는 걱정하는 이들을 납득시키고, 조금 늦어져도 옳은 선택이었음을 증명해내고, 그동안 준비해온 나만의 페이스로 흔들림 없이 진짜 내 모습으로 무대를 완성하는 참가자가 되어보고.

이리저리 상황에 휘둘리지 않는 내 길을 탄탄하게 다져나가면 된다. 조금 시간이 걸리더라도, 내 노력이 진심이라면 뒤에서 기다리는 차들도, 걱정하는 사람도, 상황도, 나 자신도 그 시간을 문제 삼지 않을 테니.

그러니 우리는 조급해하지 않기로.
노력해온 시간을 의심하지 않기로.

노력하고 있다면 조급해할 필요 없어.
조급하다는 것은 스스로를
의심한다는 뜻이거든.

○ 나를 믿어주는 일

이번에도 물론 해내겠지.
나부터 자신을 믿어주면 돼.

삶의 고비마다, 변화를 앞둔 그 중요한 시점마다. 결국 믿고 힘써 의지해야 할 사람은 누가 뭐래도 나 자신이다. 그닥 미덥지 않고 영 부실해 보일지라도, 믿고 밀어주는 것이 나 자신과의 의리일 테고.

나 자신조차 믿어주지 못하는 모습이라면,
나 자신조차 믿게 하지 못하는 모습이라면,
어느 누구에게 믿음을 줄 수 있으며,
대체 어떤 모습을 이루어낼 수가 있겠냐고.

내가 먼저 믿어주는 나 자신이
곧 이루어낼 모습이 된다.

당신은, 스스로 믿어주는 만큼 특별해진다는 것.

지금도 분명 반짝이는 당신은, 스스로 보증할 가치가 있는 충분히 믿음직한 존재라는 것.

그 누가 알아주지 않아도
내가 먼저 알아봐 주어야만 하는
무엇보다 가치 있는
바로 당신이라는 반짝임이 있다는 것.

걱정이 피어나는 중이지만

걱정이 피어나는 중이지만

조금더 단단해지는 중입니다
멈춰있는게 아니고요

○ 쉬어갑시다 온전히

　지난밤은 편안하게 보냈나요? 지난 주말은 온전한 '쉼'으로 채워 보냈나요? 쉬는 시간까지 쪼개어, 더 땀 흘리고 노력하는 것이 미덕으로 여겨지는 세상. 이 치열한 사회에서 아무것도 하지 않고 보내는 시간은 대개 죄책감이 뒤따릅니다.

　내가 쉬고 있는 이 순간에도 누군가는 쉴 새 없이 달리고, 이내 저만치 앞질러갈 거라는 불안감. 어릴 적부터 '토끼와 거북이' 같은 이야기를 들으며 게으르고 오만한 토끼가 아닌, 쉬지 않고 최선을 다하는 거북이가 될 것을 다짐했던 우리입니다. 그때는 몰랐지요.

　우리가 뛰는 경주는 시간이 꽤 흐른 지금까지도 현재 진행형입니다. 쉬어간다는 것은 절대로 오만한 토끼들의 전유물이 아닌 것입니다. 흔히 삶은 길고 긴 마라톤에 비유되곤 하지요. 끝을 알 수 없는 이 경주에서, 어쩌면 우리는 절대로 동화 속 거북이가 되어서는 안 되었습니다. 느리다고 쉬어갈 자격도 없는 건 아니니까요.

　저마다의 자리에서 묵묵히 힘쓴 우리의 모든 걸음은 의미를 가지며, 가치를 지닙니다. 성적을 위해 밤새 공부하고, 실적을 위해 야근하고, 치솟는 물가에 N잡까지 유행이 되어버린 세상. 나중의 행복을 위해 현재를 포기하는 것이 당연해진 세상입니다. 이렇게나 몸을 갈아 넣어 달릴수록 행복해지는 세상이라면 납득이나 하겠지만, 현실은 무리하는 만큼 꼭 채워지는 것도 아닌 듯합니다.

　물론 내일이 없는 듯이 펑펑 써버리며 놀자는 것이 아닙니다. 달릴 때 열심히 달리고, 쉬어갈 때는 전력으로 쉬는 것이 당연하다는 겁니다. 우리 몸뚱이는 애초에 무한히 움직이도록 설계된 것이 아니니까요. 노력의 양이 반드시 결과와 비례하는 것도 아닙니다. 쉬는 날에 뭐라도 하지 않으면 불안해하는 불쌍한 노력가들. 너무나 많은 불쌍한 거북이들.

　　아무것도 하지 않고
　　전력으로 쉬는 것도
　　기술이고 노력이다.

　한 번쯤은 모두 내려놓고 쉬어가는 것도 누군가에게는 노력이 필요합니다.

　'이번 주는 힘들었으니까 그냥 좀 쉬어도 괜찮아.'

　자꾸 쉬는 날에 핑계를 부여하는 나 자신도 기술 부족, 노력 부족이 분명한가 봅니다. 어중간하게 충전된, 언제 꺼질지 모르는 간당간당한 휴대폰 같다는 생각을 합니다. 마음까지 든든한 완충 상태로 주어진 길을 팔팔하게 달리면 되는데. 그게 맞는데.

그러니 기회가 된다면 까짓것 눈치 보지 말고 한 번쯤 멈춰 서자고요. 참고 달리다 주저앉는 일은 없도록. 남의 눈치도, 나 자신의 눈치도 보지 말고. '그냥 보내는 시간'이 다 낭비는 아닙니다. 아직 지나온 길보다 가야 할 길이 더 많이 남았으니.

애초에 토끼와 거북이가 대체 왜 말도 안 되는 경주를 시작했는지, 이제는 줄거리도 가물가물합니다. 살다 보니 세상에는 진짜로 토끼처럼, 저만큼 앞질러 가는 사람들도 꽤 많이 눈에 들어옵니다. 뒤처진 수많은 거북이에게 위로와 희망을 주려고 만들어진 동화인지도 모르겠습니다.

조금은 동심 파괴가 될지도 모르지만 이렇게 보면 어떨까요? 그느린 거북이는 '느리기 때문에' 100년도 넘게 산다고 합니다. 우습지요. 신진대사가 느리니 세포 노화까지 느려서 그렇게나 장수한다고 합니다. 안타깝게도 토끼의 평균수명은 고작 4.3년이라고 하네요.

우리는, 좀 느려도 오래 갑시다.

우리는, 저 앞의 토끼만 바라보며 쉴 새 없이 달리지 말고, 내가 가는 이 길에 집중하며 뚜벅뚜벅 걸어가는 거북이가 됩시다. 힘들면 드러누워 숨도 고르고, 지나온 길도 풍경도 충분히 눈에 담으면서.

그리고 우리는, 우리가 잘 갈 수 있는 길을 가면 되지요. 거북이는 생각보다 빠르게 헤엄칩니다. 땅 위에서는 엉금엉금 안쓰러운 모습이지만, 헤엄치는 바다거북은 공기 대신 바다를 밀어낼 뿐, 그야말로 우아하게 물속을 훨훨 날아다닙니다. 짊어진 무거운 등껍질도 억누르지 못하는 그 자유로운 모습이 잊혀지지 않습니다.

만약 경주가 물속이었다면 결과는 어땠을까요? 물 만난 거북이처럼 우리가 훨훨 날 수 있는 길도 분명히 있을 겁니다. 조급한 마음에 스스로를 너무 몰아붙이지 않았으면 합니다.

우리는, 눈치 보지 말고 쉬어갑시다.

정말로 온전히 쉬어갑시다. 노력합시다.

충전에 소홀하지 맙시다.

조금 더 단단해지는 중입니다.
멈춰있는 게 아니고요.

○ 생각보다 남들은 관심이 없다

그런 성격이 있다. 나 때문에 남이 피해를 입는 건 죽어도 싫어하는, 차라리 내가 손해를 보더라도 남에게 피해를 주지 않으려 하는 그런 성격. 누군가는 호구라고, 답답하다고 할지 모르나, 갈등이나 미안함 따위를 감수하느니 차라리 내가 조금 불편한 게 낫다는, 그런 입장이라면 존중할 필요가 있는 것이다. 그들에겐 자신의 번거로움보다 마음의 불편함이 훨씬 크게 와닿는 것일 테니.

다만, 이런 류의 사회화도 너무 과하면 해가 되는 법. 지나치게 남들 시선을 신경 쓰다 결국 나 자신을 갉아먹기 십상이다. 누구도 뭐라 하지 않는데 선제적으로 참고, 자제하고. 점점 내 머릿속에서 예상되는 남들의 평가가 행동의 기준이 되어버리는 것이다.

그중에서도 가장 안타까운 것은, 하고 싶은 일을 시작도 하기 전에 남들의 시선 때문에 포기해버리는 게 아닐까.

이게 나랑 어울릴까?
괜히 욕먹는 거 아니야?
유난이라고 생각하려나?
누군가는 불편해하지 않을까?

나 또한 남들 시선 의식하기로는 어디 가서 빠지지 않았는데, 어느 날 스트레스를 받고 있는 나에게 엄마가 지나가듯 던진 대사가 유난히 크게 와닿았다.

사람들이 다 너만 쳐다보고 있겠니?

맞다. 사람들은 우리가 느끼는 것보다 우리에게 관심이 없다. 하루하루가 바쁨 그 자체인 사람들이 남들에게 사사건건 신경 쓸 정도로 에너지가 넘쳐날 리 없는 것이다. 이름만 대면 알만한 유명인의 충격적인 스캔들 정도는 되어야 그나마 며칠 정도는 언급될까. 다행인지 우리의 영향력은 그렇게 대단하지 않다.

사람들의 시선을 지나치게 의식하지 말자.
남들에게 피해 주려는 것도 아니고, 스스로 '내 갈 길'을 결정하는데 '에이 내가 무슨…' 같은 생각으로 먼저 포기하지 말자는 것이다. 설령 참견 좋아하는 누군가가 심각한 표정으로, 걱정을 빙자한 간섭을 보내와도 그뿐이다. 그들이 당사자인 나만큼 내 삶에 진심일 리가 없다. 그들이 내 삶을 책임져 주는 것도 물론 아니다. 내가 결정하고, 내가 책임지고, 내가 증명해내면 그뿐이다.

'내가 무슨…'
'이제 와서 무슨…'

이 두 가지 머릿속 걸림돌만 넘어서면

세상은 훨씬 많은 결실로 넘쳐날 텐데.

다른 사람들 시선을 신경 쓰다 놓친 일에는
항상 더 큰 후회가 남는 법이다.

도전하는 것도, 멈추는 것도
그 기준은 분명 나 자신이어야 한다.

○ 걱정 장인 탈출기

초등학교 4학년, 유난히 걱정이 많은 아이였던 저에게 담임선생님이 건넨 한마디가 아직도 또렷하게 생각납니다.

너는, 내일 지구가 멸망할까봐
불안해서 어떻게 사니?

고작 10살 좀 넘은 아이에게 내뱉을 말인가 싶겠지만, 어린 녀석이 얼마나 걱정이 많았길래 저런 말을 들었을까 싶습니다.

제 기억에 그날은 선생님이 검사하려고 걷어간 일기장이 오후가 되도록 선생님 책상에 그대로 쌓여있었습니다. 혹시 선생님이 일기장 검사를 잊으셨을까봐 굳이 쫓아가서 일기장 검사는 안 하시냐고 참견했던 날이었을 것입니다. 그 정도 걱정이 저에게는 그냥 일상이었을 뿐인데요.

부모님 귀가가 늦어지는 날이면 혹시 무슨 일은 없을지 내내 걱정하며 기다렸는데, 태평하게 잠든 동생이 그렇게 부러울 수가 없었습니다. 제 머릿속에는 그 시절 형사가 등장하는 TV 시리즈의

온갖 나쁜 사람들 재연 장면이 끝도 없이 재생되는데 말입니다.

그야말로 '걱정 장인', '프로 걱정러'의 삶은 그런 겁니다. 작은 불안도 큼직하게 부풀려 걱정하기, 벌어지지 않은 일도 미리 끌어와 걱정하기, 시작도 하기 전에 실패를 먼저 떠올리며 걱정하기.

왜 그렇게까지 걱정이 많았을까 싶습니다. 그저 '걱정 많은 종으로 태어났나 보다' 생각하며, 걱정을 끌어안고 사는 것을 당연하게 받아들이며, 걱정 없는 인간들을 부러워하며 살아온 날들이었습니다.

어느 날은 이렇게 걱정 많은 인간이 글로는 "걱정하지 말아요, 잘 될 거예요." 하며 누구를 위로하고 있는 것이 스스로도 몸서리치도록 못마땅하게 느껴지더군요. 내 걱정도 다스리지 못하는 사람이 건네는 위로가 무슨 의미가 있을까요. 내려놓아야 할 게 넘쳐나는 건 나 자신인데.

수십 년 '걱정 장인' 생활을 이제는 청산하기로 마음먹었습니다. 돌이켜보면 걱정이란 녀석을 그대로 받아들이고 옆에 둔 채로 살아간 것은 절대적으로 잘못되었습니다.

적당한 걱정은
우리를 더 열심히 나아가게 하지만
지나친 걱정이야말로
우리를 무너뜨리고야 마는 것.

대개 걱정이라는 놈들은 본래 자기 크기보다 덩치를 한껏 부풀리기 마련. 살아보니 무시무시하게 밀려오는 걱정의 근원은 의외로 작고 하찮은 경우가 많습니다. 일어서면 무릎에도 못 미치는 얕은 물속에서 잠겨 죽을 것처럼 허우적거리고 있지는 않나요?

먼저 걱정의 본질을 보기로 합니다. 과연 내가 이렇게까지 신경쓸 일인지, 그 불안함의 근원을 가늠해보는 것이 걱정 장인 탈출의 첫발이 될 겁니다.

다음으로 같은 장면을 반복해서 떠올리지 않기로 합니다.

걱정은 이리저리 굴릴수록
눈덩이처럼 커지기 마련.

특히 자려고 누웠을 때 떠오르는 걱정거리는 실제보다 훨씬 부풀려지고, 끝없이 꼬리를 물기 마련입니다. 그놈의 호르몬 때문에 증폭되는 지극히 당연한 현상입니다.

이불 속에서 우리가 대체 뭘 바꿀 수 있겠어요? 온 힘을 다해 잠을 청하고, 조금이라도 더 맑은 정신으로 아침을 맞이하는 게 최선일 겁니다. 결론지을 수 있는 고민은 '내일 뭐 입지?' 정도면 충분하니 당장 손쓸 수 없는 상황을 머릿속에서 붙잡고 늘어지지 말자는 겁니다.

가끔은 '어떻게든 되겠지.' 같은 무책임한 회피도 쓸모가 있거든요. 그럴 때는 그냥 오른쪽으로 누워서 스마트폰으로 즐겨보는 채널의 영상이나 좀 보다가, 머리가 조금 식을 때쯤 왼쪽으로 돌아누워 수면 유도용 지루한 콘텐츠 하나 보다가 스르륵 잠들어 버립니다.

TV에서 전문가들이 뜯어말리는 수면법이겠지만 어쩌겠어요. 당장 우리 멘탈이 더 중요하고, 과부하가 올 때는 우리 머리도 전원을 끄고 쉬게 해주는 것이 좋잖아요. 날 밝으면 해결합시다. 날 밝으면.

> 최악의 상황을 무한 반복 시뮬레이션하는
> 나쁜 습관을 먼저 내려놓기.

마지막으로, 머릿속에서 일 키우지 말고 아주 사소한 것이라도 당장 할 수 있는 것부터 움직이는 것이 중요합니다. 몸을 움직이지 않으면 또 머리가 지나친 상상력을 발휘할 테니까요. 당장 막막해 보인다고 손 놓고 걱정만 하고 있으면 아무것도 달라지지 않아요. 사소해도 분명 지금 할 수 있는 일이 있을 겁니다. 그렇게 작은 부분이라도 긁어내다 보면 실마리가 보일 거예요.

보통 걱정이 무럭무럭 자라나는 시기는 손 놓고 있는 순간이니, '멈춰 있음'이 증폭시키는 불안을 떨치려면 뭐라도 '해결하고 있다.' 는 안정감이 도움될 겁니다. 일단 심란한 책상이라도 정리를 시작해보는 겁니다.

걱정 좀 달고 살아본 '걱정 장인'은 이렇게 프로 걱정러 탈출을 차근차근 준비하고 있습니다. 이제 제법 잠자리에 누우면 전원을 꺼버리는 경지까지 진입한 것 같습니다. 불 끄면 머리 굴리지 말고 '잠을 자는' 이 지극히 단순한 과정이 우리에겐 제일 중요한 것이었습니다. 다음날을 맞이하는 몸과 마음 상태부터가 다르거든요.

이렇게 전원을 끄고, 체력을 회복하고, 조금이라도 맑은 정신으로 일어나, '생각보다 하찮았던' 고민거리를 해결하는 경험을 학습하는 겁니다. '이번에도 날 밝으면 어떻게든 해결할 수 있어.' 같은, 스스로를 믿어주고 안심할 수 있는 명분을요.

물론 모든 걱정을 해결할 수는 없겠지만, 적어도 불필요한 걱정까지 비싸게 바가지 쓰지 말고 필요한 만큼만 걱정 소비하며 살자고요.

잠들 때까지
베개 언저리를 맴도는 걱정이
하나도 없도록.
매일매일이
편안한 밤이길.

○ 가끔은 산책하듯 살랑살랑 살고 싶다

　요즘은 '나태하지 않지만 나른하게' 살고 싶다는 생각을 자주 한다. 주변 풍경 돌아볼 새도 없이 이 악물고 달리기보다는 하고 싶은 것, 할 줄 아는 것, 해야 하는 것 적절하게 섞어 채우고, 내 사람들 서운하게 하지 않고, 가끔은 원 없이 멍때리면서 한껏 나른하게 살고 싶다.

　딱 나태하지 않을 정도로만. 너무 경사지지 않은, 풀 내음 깔린 예쁜 길을 골라, 적당히 고른 호흡으로. 가끔은.

　　가끔은 산책하듯 살랑살랑 살고 싶다.

　지금은 목표에 비해 너무 열심히 살아가는 것일지도 모르겠다. 아직 산책보다는 행군에 가까운 것 같다. 엄청나고 대단한 삶을 바라는 것도 아닌데 짊어진 무게가 상당하다.

　힘을 좀 뺀다고 노력이 부족한 게 아니고, 너무 안일한 것도 아니다. 우리가 감당하기엔 세상이 지나치게 치열한 거다. 그러니 좀 쉬엄쉬엄 가는 게 마치 혼자만 나태한 것 같다고 불안해하지 말자는 것이다.

아니, 가끔은 좀 게을러지는 시간도 꼭 필요한 게 맞다. 매일매일 바짝 힘이 들어가 뻣뻣한 날만 이어진다면 버텨내는 게 더 신기한 것 아닌가. 110볼트 기계를 기어이 220볼트로 돌려버리면, 더 열심히 돌아가는 게 아니라 터져버리기 마련이다.

불안한 생각은 머릿속에서 한 바퀴씩 돌릴 때마다 곱으로 팽창하는 것. 필요 이상으로 고민하며 불안을 키우지 말아야지.

적당히 단순하게, 정도껏 운치 있게.
가끔은 그저 마음이 가는 대로 흘러가는 연습을 해보자.
너무 많은 생각이 꼭 정답으로 이끄는 것은 아니더라고.

요란하지 않아도
잔잔하게 넘침 없는
내 하루를 사랑하기.

억지로 눌러 담지 않아 더 예쁜 하루였다.

○ 인생 노잼 시기

월요일에 출근해보니 우리 팀에 실습생이 배치되어 아침부터 자리를 마련하느라 분주합니다. 졸업을 앞둔 4학년 학생들은 관심 있는 업계 현장을 체험하기 위해 이렇게 몇 달씩 실습생으로 들어오곤 합니다.

모든 것이 낯선 환경, 처음 보는 사람들과 처음 접하는 업무 얘기. 이 앳된 초심자들에게 사소한 순간마저 하나하나 얼마나 자극으로 와 닿을까요? 별거 아닌 말 하나에도 잔뜩 긴장했다가, 사소한 일 하나에 시무룩해졌다가, 작은 칭찬 한마디에 다시 반짝반짝해지고.

오르내리는 마음 상태가 고스란히 드러나는 투명한 표정. 분명 오늘 출근길 엘리베이터에서 보았던, 닫힌 문에 비친 그 무료한 표정의 어른들과는 많이 다릅니다. 모두가 처음에는 저런 반짝반짝한 눈빛을 지녔었는데, 언제 이렇게 식어버린 우리가 되었을까요?

누구에게나 무료하고
변화가 필요한 시기가 있다.

막 입학하던 신입생의 마음, 처음 내 힘으로 벌이를 시작한 사회 초년생의 마음. 그 초심이라는 것이 그렇게 중요하다지만, 반복되는 일상에서 그 초심을 지켜내는 것은 여간 힘든 일이 아닙니다.

당연한 일이지요. 온탕에 들어갈 때, 처음의 그 깜짝 놀랄 정도의 뜨거움이 이내 익숙해지고 적당한 노곤함을 선사하듯, '처음'이 주는 자극은 이내 무던해지기 마련이니까요.

그리고 그 무던함이 이어지고 반복되면 밑바닥부터 점검 굳어져, 어느 순간 '무료함'이라는 녀석이 단단하게 만져지는 날이 오고야 말겠지요. 큰 보람을 느끼기 어렵고, 그렇다고 대우가 만족스럽기는 더더욱 어렵고, 그저 오늘도 무사히 별 탈 없는 하루를 기원하며, 퇴근만 바라보고 카페인의 힘으로 버텨내는 하루.

하지만 너무 낙심하지 말자고요. 의욕을 잃어간다는 것은 변화를 만들어내기 가장 좋은 시기라는 뜻이니까. 어쩌면 새로운 것을 가득 채울 준비가 어느 때보다 잘 되어 있는 시기일지도 모릅니다.

온탕의 노곤함에 지칠 때쯤이면 냉탕으로 넘어가 또 다른 환경을 만들어줘야죠. 나를 움직이게 하는 무언가를 채워 넣는 것만으로도, 같은 일상이 전혀 다른 색으로 채워지는 걸 느끼게 될 겁니다. 변화가 절실했던, 방전된 직장인이 시작한 이 소소한 글쓰기처럼 말입니다.

매일매일이 새롭고 활기로 가득했다면 지금껏 관심도, 뜻도 없던 새로운 분야를 들여다보는 일도 없었을 겁니다. 이렇게 또 다른 기쁨을 발견하는 일도 없었을 거고요. 비록 고된 일상에서 잠들기 전 20~30분이 고작이지만, 온전히 하고 싶은 일에 쏟는 시간을 내 하루에 채워놓는 것만으로도 꽤 많은 것이 달라집니다. 힘겨운 하루, 무료한 하루가 '기대하는' 하루로 변하기도 하니까요.

운동을 좀 해본 사람들은 수도 없이 들었던 말이 있지요. 같은 강도, 같은 운동만 반복하면 절대로 원하는 만큼 근육을 키울 수 없다는 것. 우리 근육이 적응을 해버리기 때문에 무게를 올리고, 운동 부위를 바꾸고, 다른 기구도 사용하고, 계속해서 새로운 자극을 주어야 한다는 것.

의욕을 잃고 무료해진다는 건, 우리가 이미 충분히 적응했다는 것이겠지요. 다시 한번 인간의 적응력이 놀라울 뿐입니다. 그리고 지금이야말로 미련 없이 변화와 새로움을 받아들이기 좋은 시기임도 분명하구요. 이미 완성된 모습 옆에 또 다른 모습의 나를 빚어내는 겁니다.

처음에는 자그마한 시작이겠지만, 언젠가는 이미 완성된 지금의 내 모습을 넘어서게 될지도 모르지요. 그 새로운 내 모습이 완성되는 즈음에는 또 다른 새로움으로, 또 다른 시간을 채워 넣으면 되지요. 삶이 무료해질 만큼 수고한 우리는, 이제 무료할 정도로 하나의 모습만 유지할 필요는 없는 것이었습니다.

　또 다른 모습을 찾아내어 가꾸고 성장시키는,

　새로운 자극을 찾아 나서기

　딱 좋은 날이네요.

○ 당신의 시기

> 한 걸음 늦으면 어때,
> 두 걸음 빨리 가면 되지.

　뒤처지고 있다는 생각이 어지럽게 차오르는 시기가 찾아오면 이런 생각을 한 겹 두르고 하루를 마무리해봅니다. 당장은 좀 느려 보여도 이 모습은 지금일 뿐입니다. 내가 계속 뒤처질 것도 아니고, 난 앞으로의 나를 믿으니 그걸로 괜찮은 겁니다.
　누구나 가속이 붙는 구간이 다를 뿐입니다. 지금 빠르게 앞서가는 사람들도 이내 동력을 잃고 느릿느릿 뒤처질 수 있고, 지금은 오르막을 힘겹게 오르는 당신도 어느 순간 정점을 찍더니 온 우주와 중력의 도움으로 치고 나가는 순간이 온다는 겁니다.

> 지금 당장 조금 늦었다고 해서
> 평생 뒤처질 거라 생각하지 말 것.
> 당장 눈앞에 보이는 차이는
> 앞으로 살아갈 날들에 비해
> 굉장히 미미할 뿐이라는 것.
> 멀리 보자, 멀리.

정체된 것이 아니라 밀려나지 않고 잘 버텨낸 하루라고 생각해봅시다. 조금만 삐끗하면 밀려나고 무너져 내리는 사람들 속에서 단단히 지금의 자리를 지켜낸 스스로를 칭찬해주자고요. 더 나아가지 못한 걸 속상해하지 말고.

누가 더 잘 풀리는지는 끝까지 가봐야 아는 게 인생 아니겠습니까. 굳이 저 사람과 나를 비교할 필요도 없지만, 지금 당장의 모습만으로 위축될 필요도 없다는 겁니다.

분명한 건, 당신의 시기는 온다는 것.
그 하나만큼은 의심의 여지가 없다는 것.

마음보다 많이 뒤처지는 나지만
나부터 믿어주고 기다려주는 일.

○ **행복 앞에서만큼은**

취미로 조금씩 기록하던 소소한 글들이 어느 순간 알고리즘의 선택을 받았는지 많은 이들에게 퍼져나가고, 살면서 처음으로 과분한 관심에 둘러싸였던 그 시기에도.

퇴근 후의 시간과 주말을 갈아 넣어 만든 온라인 클래스가 기대 이상의 사랑을 받아 전국으로 퍼져나가기 시작한 그 시기에도.

얼떨떨함이 조금 가시고 정신을 차렸을 때, 가장 먼저 들게 된 감정은 의외로 '불안함'이었다.

'대단한 것도 아닌데 왜 이렇게 관심을 받는 거지?'

'이 관심이 금방 식어버리면 어쩌지?'

기쁘면서도 의구심이 앞서고, 언젠가 사라져버릴 것에 대한 불안함이 공존하는 그런 마음 말이다.

불안이라는 녀석은 일단 겪게 될수록 마음을 물들이고야 만다. 불안에 충분히 물들어버린 마음이 안타까운 것은 어떠한 상황에서도 군이 불안의 요소를 찾아내어 불필요하게 걱정하는 것이고.

기쁜 일에
온전히 기뻐할 수 있는
여유를 찾을 것.

좋은 일 앞에서는 온전히 행복감에 빠져도 괜찮아.
또 언젠가 잃게 될 것을 먼저 걱정하지 말고
이게 나에게 일어난 일이 맞는지 의아해하지도 말고
보내온 시간이 증명해낸 보상 앞에서만큼은
의심 없이, 걱정 없이 온전히 행복하자.
충분히 그럴 자격 있으니.

영원할 수 없는 모든 것은 언젠가 결국 사라지고야 말겠지만, 그
때는 그 시기에야 비로소 영글어가는 또 다른 기쁨이 피어나겠지.
그러니 행복 앞에서만큼은 매 순간 그 시절의 기쁨을 제일 앞세울
수 있는 내가 되길.

소문난 리액션 맛집으로
길 잃은 행복이 앞다퉈 몰려오도록.

○ 내려놓아도 괜찮아

움켜쥐고 있지만 내 것이 아니라는 걸 직감하는 순간이 있다. 걷고 있는 길의 종착점이 내 목적지와 같지 않다는 것을 퍼뜩 깨닫는 순간이 있다.

머리로는 아닌 것을 알지만, 손을 놓으면 마치 모든 것을 잃는 것처럼. 멈춰 서면 무너져 내리기라도 할 것처럼. 놓아버리지 못하고 여전히 쥐고 있었던 무언가가 있을 것이다.

버티는 것밖에 남지 않았다면
내려놓아도 괜찮아.

세상 안 무너진다. 그동안의 시간과 마음이 모두 없었던 일이 될까, 하는 두려움이야 있겠지만. 또 새로운 것으로 채우면 되지. 충분히 채워내겠지.

이미 빛을 잃은 무언가를 붙잡고 있느라 새로운 반짝임을 놓치는 일은 없어야 한다.

비워내야 채울 수도 있다.

마음이든 사람이든.

아등바등 신경 쓰는 것보다
내려놓았을 때 오히려
나아가게 되는 순간이 있다.

너무 힘이 들어가 있어서 오히려 나아가지 못하는 것은 아닌지
한 번쯤 되돌아보는 것이 좋겠다.

더 좋은 것을 채우기 위해
잠시 비워내는 과정일 뿐입니다.

○ 고민의 끝은

너무 길어진 고민이라면
그 끝은 결국 원점일 거야.

그저 받아들이지 못해서
고민이 쌓이고 있는 것은 아닌지 생각해보자.

생각이 많은 게 아니라
정답은 알고 있지만
꺼내어 볼 용기가 없으니
주변만 맴도는 게 아닐까.

결론이 나지 않는 고민도, 사실은 머릿속에 한두 개쯤 어른거리는 선택지가 스치기 마련이다. 더 뚜렷한 무언가를 찾아보려 헤매다가, 결국 크게 돌아 저만큼 멀어졌다가, 이내 그 희미했던 선택지가 최선임을 깨닫고 그마저 놓칠까 허겁지겁 돌아와 붙잡게 되는 결론이 있다는 것이다.

어쩌면 고민을 줄인다는 것은 명쾌한 대안을 잘 찾아내는 것보다는, 빙빙 돌고 돌아 결국 되돌아올 최선을 빠르게 알아채고 잘 받아들이는 것일지도 모르겠다.

○ **아쉬움 증폭 시간**

그때는 이루지 못한 기억들이
'만약에'를 매달고
끝없이 꼬리를 무는 밤이 있다.

만약에.
그때 더 솔직했다면, 그때 더 상냥했다면,
그때 더 노력했다면, 그때 더 표현했다면….
'만약에 그때'처럼 덧없는 것도 없다지만 이런 생각들은 어둠을
틈타 무한으로 팽창하는 법이다.

아쉬움이야 두고두고 남겠지만, 어차피 살아가며 쌓여만 가는 것
이 바로 그 아쉬움이라는 녀석이다.
번번이 되돌아가 떨쳐내지도 못할 녀석이 분명하니,
자꾸만 되감으며 곱씹으며 키워내기보다는.
그저 옆에 두고 언젠가 흐릿해질 모습 배경 삼아 다음 장을 그려
나가야지.

'만약에'가 아니라 '반드시'

'그때'가 아니라 '언젠가는'

더 멋지고 흡족한 장면을 두고두고 남길 테니.

그 뿌듯함이 무럭무럭 팽창하는 밤도 반드시 있을 테니.

이불 뻥뻥 차는 몸서리치는 밤 대신,

비실비실 올라가는 입꼬리 가리느라

이불 코밑까지 끌어당기는 밤이길.

○ 남 탓

불안 앞에서 여실히 드러나는 날것 그대로의 마음에 가끔 스스
로도 놀라곤 하는데, 그중에 제일 멋없는 것은 '남을 탓하는 마음'
인 듯하다. 뜻대로 되지 않는 답답한 상황 앞에서 문제의 원인을 밖
으로만 돌리고, 탓할 대상을 찾게 되는 그런 마음.

> 불행을 키우는 확실한 방법은
> 남 탓을 시작하는 것.

부정적인 마음은 아무것도 해결해주지 않는데 그중에 제일은 남
탓이라는 생각을 한다.

'아 저 사람만 없었다면 내가 할 수 있었는데…'
'우리 부모님이 저만큼 부자였다면…'
'동료가 좀 더 유능했다면…'

상황을 아무것도 나아지게 하지 못하면서, 마음은 급속도로 황

폐화시키는 그런 생각들. 조금씩, 조금씩 마음을 오염시키는, 가장 먼저 몰아내야 할 그런 생각들.

물론 주변 사람이 진짜 심각한 빌런이라 모든 걸 망쳐놓는 사건도 가끔은 있다. 다만 명백히 나로 인한 한계 앞에서, 맹목적으로 다른 이를 탓하는 것은 스스로 봐도 화풀이에 불과하다는 것을 우리는 잘 알고 있다. 그렇게 남 탓으로 마음이 나아지기라도 한다면 조금이나마 도움은 되겠지만, 남을 미워하는 어두운 부분과 한심한 모습까지 추가되니 이로울 것이라고는 조금도 없는 마음이겠다.

태초부터 남 탓을 해왔다는 인류의 이 역사 깊은 본성을 우리 같은 작은 존재가 쉽게 떨쳐내긴 어려울지 모른다. 하지만 결정적인 순간에 이렇게 돌린 화살이 향하는 건 보통 주변의 이들. 가끔은 소중한 이들을 향하기도 한다. 당장 필요한 건 화풀이 대상이 아니라 해결 방법인데, 남 탓할 여유가 있다면 아직은 다행히 해결할 시간도 있다는 것 아닌가.

탓해서 상황을 해결할 수 있다면 탓하되, 그렇지 않다면 누굴 탓하느라 소비할 힘까지 아껴 상황을 해결하는 데 쏟아내자. 마음도 지키고 사람도 지키고 상황도 지키는 이 작은 현명함이, 불안 앞에서 빛을 발하길!

그럼에도 성장하는 중입니다

더 좋은 것을 채우기위해
잠시 비워내는 과정일 뿐

○ 어떤 기억

　모든 순간은 결국 기억이 되고, 우리는 주어진 시간을 '어떠한 기억'으로 채워나갈 것인지를 최우선으로 삼아야 합니다.

　누구나 만만치 않은 하루를 보냈을 겁니다. 한 사람 몫의 역할을 해내며 살아가는 것이, 이렇게도 만만치가 않습니다. 심지어 이런 고단한 날들이 언제까지 이어질지 모른다는 현실은 이따금 큰 벽처럼 막막함을 더해주기도 합니다.

　스러지는 순간까지, 끊임없이 나의 쓸모를 증명해내며 살아가야 한다니. 벌써부터 엄두가 나질 않습니다. 공부에 허덕이고, 인간관계에 시달리고, 일에 치이고, 사랑에 아파하고, 가벼운 통장마저 가슴을 후비는. 삶 자체가 어쩌면 길고 긴 시련이 아닐까요?

　정말 다행스럽게도. 어떠한 기억은 떠올리는 것만으로도 무한의 동력처럼 생기를 불어넣어 줍니다. 숨 막히는 일들로 가득한 삶 속에서 우리를 나아가게 하는 것은, 정작 대단한 것이 아니라 이런 자그마한 기억들인 것입니다.

오랜만에 만난 친구들과 실컷 웃고 떠들었던 지난 주말처럼, 떠올리면 작게 미소 짓게 되는 은은한 기억. 선선한 오후에 무작정 걷다 마주한 그 인상적인 카페, 별거 아닌 얘기에도 웃음이 끊이질 않던 그날의 대화처럼. 사소하지만 효율 좋고 오래가는 기억. 어르신들 거나하게 술 한잔 들이키면 늘 똑같이 반복되는 젊은 시절 이야기처럼, 평생을 견디게 하는 커다란 기억도 있지요.

어릴 적 시간을 때우던 그 흔한 게임들을 기억하나요? 시간이 흐를수록 점점 줄어드는 에너지가 바닥나기 전에 달리고 달려서 다음 조각을 채워야 이어서 나아갈 수 있는 그 흔한 게임들. 우리도 시간이 다해 점점 가라앉기 전에 다음 동력의 조각을 찾아야지요.

산다는 건 순간순간이 근심이고 이따금 버겁지만
드물게 행복한 기억으로 거뜬히 나아가는 것.

오늘도 잠깐의 행복했던 기억으로 길고 만만치 않은 시간을 버텨냅니다. 넉넉하게 채워둔 그날의 조각들, 그 소중한 힘으로 충분히 버텨냅니다. 어차피 지나가버릴 시간이겠지만, 이왕이면 인상적이고 좋은 기억들로 가득 채워 떠올릴 수 있길.

우리가 해야 할 건
힘들 때마다 꺼내보며
평생 간직할 좋은 기억을
있는 힘껏 쌓아놓는 일.

○ 좋은 사람 몇 명이면

좋은 사람들이 뿜어내는
우리를 지탱해주는 힘이 있습니다.

가끔 나 자신이 유독 초라해 보이고, 내가 보내온 시간이 헛되게 보이고, 이룬 것 없는 스스로에게 회의감이 밀려올 때, 내 주변으로 시선을 돌려보기로 했습니다. 주변에 이렇게 좋은 사람이 있다는 것만큼 잘 살아가고 있다는 확실한 증거는 없었으니까요. 자신을 탓하는 것이야말로 나의 시간이 빚어낸 결과물인 이 훌륭한 사람들까지 부정하는 것이니까요.

딱히 머릿수가 중요한 건 아닐 겁니다. 예전에는 여러 사람과 시끌시끌하게 주고받던 에너지를 따랐지만, 시간이 흐를수록 꽤 많은 것이 달라졌습니다. 이제는 진짜 편한 몇몇 사람들과 은은하게 주고받는 기운이 충전으로 와닿게 되니까요. 살아보니 꽤 자신 있게 말할 수 있겠더군요. 백 명 친구 안 부러운 진짜 한 명이면 되는 겁니다.

인간관계야말로
양보다는 질이라고.

백 명 친구 안 부러운 강력한 한 명이면 되는 겁니다.

그렇다고 그 훌륭한 누군가에게 엄청난 도움을 기대하는 것은 또 아닐 겁니다. 구구절절 명분이 없어도 편하게 전화해서 이야기 나눌 수 있는 사람. 유난히도 고된 하루를 마친 날이면 불러내어 맥주 한 잔 기울일 수 있는 사람. 방금 겪은 어이없는 실수나, 목젖까지 욕이 치밀어 오르는 불쾌한 상황을 종알종알 공유할 수 있는 사람.

그냥 '누군가'가 필요한 순간, 혼자가 아니라는 것을 실감케 해주는 사람의 존재만으로도 주변 공기는 제법 온기가 돕니다. 겪어본 사람은 알지요.

어려운 시기일수록
힘이 되어주는 사람의 존재는
더 빛나는 법.

저 또한 누군가에게 힘이 되고 온기를 주는 사람이고 싶다는 생각을 합니다. 소중한 이에게 힘이 되어주는 것 또한 묘한 중독성이 있거든요.

그런데 생각해보면 주변 사람들이 우수수 희미해지는 구간들이 분명 있는 것 같습니다. 가장 힘든 시기에 누군가를 찾기보다 혼자만의 세계에 스스로를 가두는 사람. 대학 진학이, 취업이, 사업이, 집안 사정이 제대로 풀리지 않으면 종적을 감춰버리는 관계가 참 많다는 생각을 합니다.

> 좋은 모습만 보여주고 싶은 마음이겠지.
> 아니야. 안 풀리는 모습을 보이고 싶지 않은
> 자존심 때문일지도 몰라.

우리는 고작 그 정도의 관계인 걸까요? 가장 의지할 곳이 필요한 상황에 오히려 숨어버리는 마음이 서운하게 느껴지기도 합니다. 좋은 상황과 갖춰진 배경 때문에 함께하는 것도 아닌데. 내가 그만큼 의지가 되어주지는 못했구나, 하는 마음이 고개를 듭니다.

> 가장 초라한 시절에 숨지 않고
> 얼굴 보며 털어놓을 수 있는 사람.

누군가에게 그런 사람이 되어주고 싶다는 생각을 합니다. 기꺼이 달려가서 이야기 들어줄 텐데. 얼마나 힘이 되어줄 수 있을지는 모르지만, 앞에서 눈 마주치고 맥주 한잔 부딪히면서 은은한 응원을 채워줄 텐데.

좋은 사람들이 뿜어내는, 우리를 지탱해주는 힘이 있습니다. 내가 좋아하는 이들에게 나 또한 좀 더 의미 있는 사람이 되어주어야겠습니다. 누군가 나에게 보내준 응원을 나 또한 누군가에게 전

달하는 것. 분명 내가 보내는 입장이지만, 돌아보니 이 또한 충전인
것입니다.

이 생각도 언젠가 잊혀질까봐
눈에 보이는 펜으로 끄적여 놓습니다.

좋은 사람 몇 명이면
어떻게든 버텨지는 게
삶인 것 같아.

○ 심하게 길치라 인생도 좀 헤매는 중

여전히 길을 잃는다.

살아가는 요령이 제법 늘었다고 생각했는데

여전하게도 길을 잃는다.

시간이 훨씬 더 흘러도 길을 잃겠지만,

그 속에서 완벽하지 않은 나 또한

사랑하는 법을 배워 가게 되길.

나 자신을 탓하지 않는 법을 배워 가길.

사람이 가끔은 방황도 하고 흔들려 보기도 하는 거지.

그게 사는 거지.

아직 흔들리고 조금 덜컹거려도

분명 나아가고 있어.

돌아보면 이렇게나 훌쩍 올라서 있는 나는

분명히 나아가고 있어.

조금 느리면 어때, 분명히 도착할 텐데.

○ 단짠단짠의 공식

　답답하고 뜻대로 되지 않는 구간이 있다면 손 놓고 있어도 술술 풀리는 구간도 있다. 모두의 삶이 그렇다. 꽉 막힌 것처럼 답답한 날이 있듯이 믿기 힘들 만큼 행복한 날도 찾아오기 마련이다. 생각해보면 항상 흐리고 비 오는 날만 찾아올 리가 없는 것이다. 비 한 번 내리면 다음 날이 얼마나 화창한데, 인생도 양심이 있으면 좋은 날이 오겠지.

　그래봤자 고난이라는 놈도 분명 한계가 있다는 것을 잊지 말자. 좋은 날이 영원할 수 없는 것처럼, 흐린 날도 기어코 끝나고야 만다는 것을 의심하지 말자. 막아도 막아도 소용없을 정도로, 좋은 일이 밀려오는 시기가 반드시 기다리고 있을 테니.

　　지금 이 어려움도 언젠가 담담하게
　　어쩌면 웃으면서 추억하게 된다는 것.

　나중에 좋은 사람들과 소주 한 잔씩 나눠 들고 눈 한 번 딱 감으면 이동해 있는, "와 그때는 진짜⋯"로 풀어내는 어떤 시점으로 남겠지. 이 모든 일을 떠올리며 감사해하는 순간이 오겠지.

이 모든 게 잘 풀려가는 과정이기를. 생각했던 것과 조금 다르지만 결국은 내가 원했던 곳으로 차근차근 이어지는 과정이기를.

삶은 단짠단짠.
가끔은 매콤하고
쌉싸름한 것.

너무 달달하기만 해도 진절머리 난다는데, 잠재력 폭발엔 역시 단짠단짠인 것이다. 견뎌낸 어려움의 시기 덕분에 앞으로 있을 행복의 시절은 분명 더 크게 빛날 테니.

○ 당연하게 돌아옴을

그저 잠깐의 겨울일 뿐입니다.

머지않아 어김없이,

세상 온통 만개할 당신입니다.

어느새 성큼 바뀌어 있는 계절처럼.

나아질 겁니다.

염려하는 모든 일들이.

따뜻한 봄이

당연하게 돌아옴을

의심하지 않듯이

당연하게 찾아올

당신의 봄도

의심하지 말 것.

이제 지금보다 나아질 일만 남았다고 생각하자고요.

우리 :)

◦ 고된 계절이라 해도

아직 4월인데 벌써 기온이 20도를 훌쩍 넘어버립니다. 2~3월과는 일조량 자체가 다른데, 한낮에는 햇볕이 제법 뜨거워서 "와 벌써 여름인데?" 소리가 튀어나옵니다. 눈을 찌르는 햇빛을 손바닥으로 가려보던 일행이 대답합니다.

"한여름에는 35도 넘게 올라가는데, 그럼 여기서 15도는 더 올라가는 거잖아? 습도 때문에 끈적끈적해서 고통스럽고. 아직 시작도 아니야 이건."

잊고 있었는데, 듣고 보니 그 강렬했던 지난여름이 떠오릅니다. 몇 걸음 떼기도 전에 주르륵 흐르는 땀방울과, 거리에서 한 번씩 훅- 하고 들어오는 불쾌한 냄새와, 만원 지하철에서 맞닿는 끈끈한 옆 사람과, 잠도 이루기 힘든 그 후덥지근한 열대야와, 눈 감으면 '위잉-' 들려오는 모기 소리까지. 그새 잊고 있던 그 무시무시한 계절이 점점 다가오고 있는 것입니다.

포근하고 선선한, 그 적당하고 살기 좋은 계절만 이어지면 안 되는 걸까요. 가끔은 이렇게까지 사계절이 뚜렷할 필요가 있나 싶기도 합니다. 불쾌지수로 가득한 그 계절을 또 어떻게 버텨낼지 벌써부터 차오르는 걱정.

어떻게 버텨낼까요, 어떻게.

"?"

막상 어떻게든 잘 견뎌왔네요. 생각해보니. 사람의 적응력이란 실로 놀라워서 그늘로, 부채로, 선풍기로, 에어컨으로 만반의 준비를 하고 이겨냅니다. 좀 덜 움직이고, 아이스 아메리카노 벌컥 들이키면서, 얼음까지 아그작 씹으면서. 조금 힘겹지만 그렇게 버텨내다 보면 또 어디선가 가느다란 바람이 선선하게 감겨오겠지요.

그러고 보니 막상 버텨내기만 했던 건 아닙니다. 그거 아세요? 날이 뜨거울수록 구름이 얼마나 예쁜지. 바람 한 점 없어 흩어지지 못한 구름이 얼마나 뭉게뭉게 그림같이 펼쳐지는지. 그 뜨거운 날에도 멍하니 하늘을 올려보다가 생각했습니다.

좀 뜨겁지만 미워할 수 없는 하늘이야.

넋 놓고 보게 되는 이 멋진 풍경 때문에라도 미워할 수 없는 계절입니다. 고된 기억이 유난히 강렬하게 남아서 필요 이상으로 미워한 건 아닌지 모르겠습니다. 많이 고생했던 시절은 떠올리기도 싫다가 그때 즐겨 먹던 음식은 가끔 생각나는 것처럼. 그 시절에도 좋았던 기억, 그리운 기억, 그 시절이라 더 인상적인 기억이 있는 것입니다.

그러니 다시 돌아보면 모든 계절이 저마다의 아름다움을 지닙니다. 피어나는 봄의 그 화려한 풍경과, 생기 넘치는 여름의 그 무성한 풍경과, 온통 물들어있는 가을의 그 찬란한 풍경과, 동화 같은 겨울의 그 새하얀 풍경까지. 모든 계절은 하나하나 뚜렷한 절정을 지닙니다.

물론 완벽해 보이는 계절에도 저마다의 힘겨움 역시 있을 겁니다. 계절의 여왕이라는 봄에도 보이지 않는 미세먼지에, 꽃가루 범벅이 된 차에, 비염까지 뒤따르는 것처럼요. 그래서 사람마다 좋아하는 계절이 다르고, 유독 힘겨워하는 계절도 다른가 봅니다.

맞이하고 싶지 않은 고된 계절이라 해도 너무 미워하지 말아야겠습니다. 가을의 텅 빈 하늘과 겨울의 휑한 풍경을 보면, 그 힘겨웠던 여름의 하늘 가득한 뭉게구름과 초록의 풍경도 그리워지는 법이니. 그 계절이라 누릴 수 있는, 사랑해 마지않는 모든 것들에 초점을 맞춰야겠습니다. 그 시기를 특별하게 만들어줄 더 많은 것들을 발견해야겠습니다. 그 특별함들이 무더위보다 강렬한 기억으로 남는다면 더 이상 여름은 힘겨운 계절로 기억되지 않겠지요. 그러길 바랍니다. 완벽해보이기만 하는 봄도, 황사에 미세먼지에 꽃가루에 비염까지. 여러 함정이 있겠지만 그럼에도 그 강렬한 아름다움에 덮인 모습으로 기억되듯이.

어려운 시기를 만나도.
우리는 어떻게든 버텨낼 것이고,
이내 선선한 바람 한 줄기가 기어이 찾아와 닿는 날이 오고야 만다는 것을 기억해야겠습니다.

이 힘겨운 시기에도 훗날 돌아보면 그리워질 만큼 멋진 일들이 담겨있다는 것. 우리는 이 사랑해 마지않는 것들에 더 초점을 맞추고, 더 많은 멋진 일들을 찾아내어 이 시기를 채워 기억해야 한다는 것.

당연히 알고 있습니다. 말처럼 쉽지는 않다는 것을.
어떤 계절은 기어이 강렬한 힘겨움으로 남고야 말겠지만, 그래도 저마다의 힘겨운 시기가 조금은 더 살만해지고, 조금은 더 친근해지길.

그런 나의 여름이길.

○ 기다림의 시간만큼

유난히 길었던 기다림만큼 분명 더 멀리 날아오를 당신입니다. 이렇게 준비가 길어진 당신은 도대체 얼마나 높이 날아오를까요?

받아야 할 행복이 크고 많을수록 정산이 오래 걸리는 법입니다. 대체 얼마나 어마어마한 정산이 기다리고 있을까요?

조금 늦어져도 반드시 찾아와줄 당신의 계절입니다. 그만큼 더 찬란하게 빛날 당신의 날들입니다. 멀리 돌아온 덕분에 더 일찍 도착할 수 있었다고 말하게 될 날이 올 겁니다. 덕분에 더 나은 모습으로 도착할 수 있었다고.

그때 더 빠른 길을 놓친 게 너무 다행이었다고
말하게 될 날이 올 겁니다.

가장 혹독한 계절을 걷고 있다 해도
가장 빛나는 계절이 반드시 돌아옴을
의심하지 말 것.

그리고, 기다려온 만큼
당신의 계절을 반갑게 맞이할 것.

○ 그날의 하늘은

　분명 맑은 하늘을 보면서 기분 좋게 집을 나섰는데, 얼마 못 가 거짓말처럼 비가 쏟아집니다. 기세가 심상치 않아, 아깝지만 우산을 또 사야겠습니다. 가까운 편의점을 찾아 달리는데, 평소엔 잘만 보이던 편의점도 그날따라 눈에 들어오질 않습니다. 간신히 구한 우산을 쥐어 들어보지만, 이미 홀딱 젖어 시작하는 하루라니. 매번 급하게 장만한 비닐우산이 그대로 쌓여있는데 또 우산에 돈을 쓰다니. 꼬여도 이렇게 꼬일 수가 없습니다.

　시련이라는 놈도 항상 이렇게 갑자기 찾아오곤 합니다. 대비할 틈도 전조도 없이, 갑자기 찾아온 시련이라 휘청일 정도로 묵직함도 남다릅니다.

　여러 번 겪는다고 시련까지 적응되는 건 아니겠지만, 매번 신선한 난처함으로 정신을 쏙 빼놓겠지만, 그럼에도 바라기로는.

부디 일일이 무너지지 않길.
갑자기 퍼붓는 비는
그만큼 갑자기 지나가 있을 테니.

언제 찾아왔나 싶을 정도로 맑게 개어있을 하늘입니다.

분명 단단하게, 거뜬히 이겨낼 당신입니다.

시련이라는 녀석보다 먼저 무너지지만 않는다면.

휘청일지언정 무너지지만 않는다면.

이 비가 그치는 날은 반드시 오고야 맙니다.

그날의 하늘은 얼마나 예쁠까요?

세상 가장 예쁜 하늘을 기다려봅니다.

○ 잠시뿐이니까

.

지금 이 시간도 결국 그리운 시간이 된다.

돌아보면 모든 것이 그립다.

주어진 순간순간에 진심을 다해요.
오늘과 같은 하루는 다시 오지 않아요.

계절도 마음도 기다려주지 않으니

머물고 싶은 순간이라면 그저 진심을 다할 것.

지금 장면도 잠시뿐이니까.

어차피 지나버릴 시간이겠지만

채워 담은 기억에 따라

전혀 다른 색으로 남아주겠지.

내 흔적을 가득 머금은 시간은
흘러간 뒤에도 온전히 내 것이 된다.

그러니 그저 흘려보내는 하루가 되지 않도록

순간순간 마음을 다해 내 흔적을 새겨 넣어야겠다.

저만큼 멀어진 후에도 고개 돌리면 바로 알아볼 수 있는 이정표

처럼. 멋진 기억들로 예쁘게 다듬어 촘촘하게 세워놓아야겠다.

○ 자라난 만큼

늦은 시간까지 야근하고 집을 향하는데, 며칠째 같은 자리에서 초등학생 한 명이 줄넘기를 연습하고 있습니다. 마음처럼 되지 않아 울먹거리면서도 함께 나와 준 엄마의 응원을 받으며 다시 뛰어오릅니다. 수행평가가 코앞인가 봅니다. 어른들에겐 아무것도 아닌 일이지만, 이 아이에게는 곧 울음이 터질 것 같은 시련이자 고난인 겁니다.

"밥 잘 먹고, 잘 놀고 있어!"

우리 모두 한 때는, 이 정도가 지상 최대의 미션이었던 어린 시절이 있었지요. 아무 걱정 없던 그 시절이 참 그리울 때도 많았는데, 정말 마음 편해 보였던 어린 시절에도. 아니 생각해보면 모든 시절에는 그때에 걸맞은 나름의 고비가 존재했습니다.

몸 가누기도 힘든 아기가 시도하던 뒤집기, 몸통보다 큰 가방을 메고 처음 부모님과 떨어져 유치원에 남겨진 아이, 내일 받아쓰기 시험을 앞둔 아이, 학교에 도착해서야 잊고 있던 숙제를 떠올린 아이, 처참한 성적표에 부모님 사인을 받아야 하는 난감한 아이.

항상 크고 작은 고난과 역경을 지나온 우리였습니다. 돌아보면 귀여울 정도로 작디작은 돌멩이도 그때는 엄청난 벽이었을 겁니다. 아니, 그 큰 벽이 작은 돌멩이로 느껴질 만큼 우리가 많이 자란 것이 맞겠습니다. 그 고비를 넘고 넘어 우리가 이만큼이나 성장했습니다. 어린 시절 어려운 일도 척척 해내는 슈퍼맨 같던 어른, 그 모습이 되어 있습니다. 어느새.

물론 슈퍼맨 앞에는 또 그에 걸맞은 고난이 이렇게나 펼쳐져있지만요.

그게 뭐라고 그렇게 힘들어했나 몰라.

시간이 흘러 더 많이 성장한 내가 보면, 지금의 이 어려움도 작고 귀여운 일이 되어 있을까요? 이 어려움을 딛고 또 한 번 자라날 내 모습을 기대해봅니다.

관계에 지쳐가는 중이지만

그건 솔직한게 아니고
되게 무례한 건데요

○ **솔직한 것과 무례한 것은 다르다**

하고 싶은 말 다 하는 게 솔직한 줄 아는 사람들이 있다. 무례한 말을 뱉으면서 시원시원한 성격으로 포장하는 사람들이 있다. 정작 본인이 듣는 입장이라면 그렇게 생각할 수 있을까?

명심하자. 마음을 담은 작은 조언도 누군가에겐 도를 넘는 참견이 될 수도 있다. 자신의 기준을 남의 삶에 적용하는 건 절대로 가볍게 여길만한 일이 아닌 것이다.

다 너를 위해서 하는 말이야.

조언이라는 말로 자신의 우월감을 과시하고 남의 방식이 틀렸다고 단정하는 사람들. 그런 건 그저 조언을 빙자한 자기 자랑일 뿐이다. 마주 보고 내뱉는다고 다 조언은 아닌 것이다.

멘토는 해야 하는 말을 하지만
꼰대는 하고 싶은 말을 한다.
멘토는 진정 상대를 위해 말을 하지만
꼰대는 자신을 위해 말을 한다.

'나 때는…'으로 시작하는 말이 꼰대의 상징이 된 것은 그 말 안에 '나는 더 어렵고 힘든 상황에서도 이렇게 해냈고 이런 걸 이루어낸 사람이야' 같은 의미가 담겨있기 때문이 아닐까.

그 말에 본인 스스로를 담고 싶어 하는데 듣는 이가 알아채지 못할 리가 없다. 본인에게 꼭 맞는 맞춤 이야기를 다른 이에게 끼워 넣으려고 하니 들어맞을 리도 없는 것이고.

진정한 충고는 내뱉으며 자신이 아픈 것이라고 했다. 누군가의 인생에 아주 작은 부분이라도 영향을 미치는 행위는 절대로 가볍게 여겨져서는 안 된다.

본인 기준에 맞지 않다고 참견하고, 거슬린다고 한 소리 하고, 정작 본인 말이 한 사람에게 미치는 영향에 대해서는 책임질 생각도 없으면서.

그건 솔직한 게 아니고
되게 무례한 건데요.

책임져주지 않을 사람들이 쏟아내는 참견은 적당히 참고만 하자. 적당히.

원래 남의 일은 쉬워 보이고, 남의 일에는 용감해지고, 대체 왜 못하는지 이해가 안 되는 것. 적당히 참고만 하자.

그리고, 진정 나를 위해 아픔을 무릅쓰고 건네는 소중한 조언, 진정한 충고를 분별하고 깊이 간직하자. 진정으로 나를 위한, 그 안에 내가 담겨있고 내가 비치는 말이라면 이 또한 알아채지 못할 리가 없으니.

　나에게 꼭 맞춰 철컥 들어맞고, 정말 필요한 시기에 전하는 진심 어린 충고는 모남도 어긋남도 없이 품어낼 넉넉한 마음을 갖추자.

○ 장난

장난이잖아.

왜 그렇게 기분 나쁘게 받아들여?

기분 나쁜 상황에 기분 나빠하는 것.

그 자체를 잘못으로 만들어버리는 마법 같은 말.

장난인지 아닌지는 받아들이는 사람이 판단하는 것이 아니었나.

본인의 지나침을 받아들이는 사람의 예민함으로 떠넘기다니.

상대방이 불쾌하다면 절대 장난으로 포장해서는 안 된다.

보통은 장난이었다는 그 말이 더 열받으니까.

○ 세상에 완벽한 어른은 없다

　어른도 누구나 실수를 한다. 하지만 모든 어른이 실수를 인정하고 사과할 줄 아는 것은 아니다. 오랜 경험을 앞세우며, 인정하기보다는 감추고 회피하고 떠넘기는 어른을 끊임없이 접하게 될 것이다. 인정하고, 사과하면 마치 중요한 무언가가 무너지기라도 하나 보다. 아랫사람의 실수에는 그렇게 관대하지 않을 거면서. 경험과 경력이 인격까지 채워주는 건 아니더라고.

　사회생활을 하면서 손윗사람에게 이건 잘못하셨다고, 이거 틀렸다고 말하는 것은 여간 어려운 일이 아니다. 조심스럽게 빙빙 돌려 최대한 기분 나쁘지 않게, 추궁하는 것처럼 들리지 않게 전달해보거나. 스스로 드러날 때까지 아예 포기하고 기다리기 일쑤다.

　그런데 정말 드물게도.

　"제가 잘못 전달했네요. 죄송합니다." 하며 인정하고 사과하는 어른을 접하고 생각이 많아지는 하루였다.

실수를 인정하고 사과하는
어른의 솔직함은 부끄러움이 아니다.
이것이야말로 진짜 어른의 멋짐인 것이다.

삶은 실수로 가득하고, 아마 죽을 때까지 우리는 실수와 마주하겠지. 다만, 낮은 사람 앞이라고 인정하지 않는 실수는 그 자체로 오만이다.

실수를 인정하고, 실수할 수 있는 나 자신도 인정하고, 내 실수로 어떻게든 불편을 겪었을 상대방에게 사과하고. 이 지극히 당연한 솔직함을 갖추자.

어쩌면
저지른 실수보다
대처하는 태도가 더
그 사람을 드러내니까.

○ 아무도

　퇴근길에 정류장을 향하는 발걸음이 급합니다. 2분 후에 도착하는 버스를 놓치면 15분을 더 기다려야 하거든요. 저 앞에 저처럼 퇴근을 서두르는 어느 안경 쓴 직장인에게 백팩을 멘 허름한 복장의 아저씨가 뭐라고 물어보다가 이내 발길을 돌려 저에게 다가옵니다.

　"저기…"

　난처해 보이는 표정이 길을 못 찾으시는 것 같은데, 지상 최대 길치인 제가 더 난처한 상황이 될 수 있습니다. 저 멀리 모퉁이 돌아 등장한 버스를 보며 마음이 급했던 저는 그 아저씨가 질문을 채 완성하기도 전에 대답합니다.

　"죄송해요. 저도 이 동네 지리를 잘 몰라서."

　그 아저씨는 길을 묻는 것이 아니라고 황급히 덧붙입니다.

　"지갑을 잃어버려서 집을 못 가고 있는데 아무도 믿어주질 않아요…."

　현금은커녕 지갑도 없이 카드 한 장만 달랑 들고 다니는 저에게 길 안내보다 더 난처한 상황입니다.

"진짜 죄송해요. 지갑을 안 들고 다녀서 현금이 하나도 없어요. 죄송합니다!"

그리고 정류장에 거의 도착한 버스를 향해 달립니다. 운 좋게 자리 하나를 잡고 앉아 창밖을 보는데 그 아저씨가 그 자리에 그대로 서있는 모습이 눈에 들어옵니다. 연이어 거절 아닌 거절을 당하고, 더는 물어볼 엄두가 안 나는 듯 씁쓸해 보이는 표정이 퇴근길 내내 머릿속에 남습니다.

진짜로 현금이 없었는데, 그 아저씨는 제 말을 믿었을까요? 아니면 그냥 거절을 위해 대충 둘러댄 거짓말로 들렸을까요?

아저씨의 부탁을 거절했던 앞사람들은 지갑을 잃어버렸다는 그 말을 믿었을까요? 아니면 그냥 거짓말로 소소하게 돈 좀 얻으려는 질 나쁜 사람으로 생각했을까요?

사람들의 착한 마음을 악용하는 사람들. 불신을 만들어 작은 도움 요청조차 믿지 못하게 만드는 이들에게 화가 났습니다.

아저씨가 허름한 차림이 아니라 깔끔한 옷을 쫙 빼입은 멀끔한 사람이었다면 어땠을까요? 보여지는 것으로 판단해버리는 선입견도 참 무섭다는 생각을 합니다.

참 각박해지는 세상에 저까지 일조해버린 기분이라 편치가 않습니다. 고작 다음 버스 15분을 기다릴 여유조차 없었는지. 나였다면,

내 가족이었다면… 얼마나 막막하고 서러움이 몰아쳤을까요. 대입해보니 또 안타까움이 스멀스멀 올라옵니다.

길에서 모르는 사람이 말이라도 걸면 털 세운 고양이처럼 경계부터 하는, 한껏 예민해진 세상. 악한 이들에게 악용되는 것은 보통 선량한 마음이니, 의심이 발달한 종으로 진화해버린 안타까운 사람들.

"지갑을 잃어버려서 집을 못 가고 있는데 아무도 믿어주질 않아요…"

그 허탈한 표정이, 꽤나 오래 떠오릅니다.

아침에 집을 나서며 주머니에 현금 몇 장을 챙겨 넣습니다.

○ 만들어진 빌런

출근길 지하철역에서 몇 년 동안 소식도 모르던 친구를 우연히 만났습니다. 반가운 마음에 가던 길을 멈추고 근황 토크를 시작합니다.

"야, 이 동네 왔으면 나한테 연락을 했어야지! 뭐 하고 살아, 회사는 잘 다니고?"

한창 이야기가 무르익는데 친구 얼굴이 사색이 됩니다. 지하철역 출구 앞에서 길을 막고 조잘거리고 있으니 안 그래도 복잡한 길이 난리가 난 겁니다. 얼른 길을 비키며 연신 죄송하다고 사과하는데, 사람들 눈에는 '정신을 어디에 두고 출근 시간 때 길을 막고 있는 거야?' 같은 짜증이 가득합니다. 사실 이런 민폐를 끼친 것이 유난히 충격인 것은 조금 전의 일 때문입니다.

지하철을 타려고 개찰구에 카드를 찍고 들어가는 순간 열차가 도착한다는 안내가 들립니다. 급한 마음에 뛰어올라가려는데 미화 담당자분이 하필 에스컬레이터 왼쪽 줄에 서서 손잡이를 닦고 있습니다. 뛰어올라가지도 못하고 열차를 놓쳐버리니 속으로 불만이 올라옵니다. '이 바쁜 출근 시간에 하필 그 자리에 서계셔서 차를 놓치다니.' 그저 맡은 역할을 충실히 수행하셨을 뿐인데 잠깐의 원망이 스치는 것입니다. 이 지하철의 시작점에서 다른 이를 탓하며 불만을 삼키다가 목적지에서는 반대로 원망을 받는 입장이 되다니요.

세상은 넓고 이상한 사람은 많다고 하지요. 순식간에 그 이상한 사람이 내가 되어버리는 경험이 꽤나 충격적이었습니다. 반가운 마음에 잠시 정신을 못 차리는 이런 찰나의 순간도 누군가에게 짜증이 치미는 불편함을 줄 수가 있구나.

이 경험은 지금도 누군가를 탓하려는 마음이 울컥 올라올 때 도움이 됩니다. 사람이란 본디 나에게는 관대하지만 남의 일에는 엄격한 법이니, 잊지 말아야겠습니다.

나도 누군가에게 빌런일 수 있다.

어느 날은 외근으로 택시에 탔는데, 기사님 안색이 창백합니다.

"아유 앞에 태운 손님이 지각하면 안 된다고 너무 보채는 바람에 아침 먹은 게 다 체한 것 같아요."

도로에서 급하게 끼어드는 택시 때문에 스트레스를 받을 때가 있었는데, 알고 보면 저마다의 사정이 있을지도 모르겠습니다. 직접 겪어보니 신경 쓰지 않던 뒷면을 더 인식하게 됩니다.

끼어들던 그 차 안의 보이지도 않던 대상이 그때는 악역처럼 느껴졌지만, 가까이에서 보니 이렇게 평범하고 삶에 지친 가장이 보입니다. 직접 보면 이해가 되지만 알기도 전에, 알려고도 하지 않고 화부터 내고 보는 상황이 참 많다는 생각을 합니다. 하지만 겪어보니 우리 모두 악역이 될 수 있습니다. 우리는 좀 더 '탓하는 것'에 신중해야겠습니다.

> 모두가 저마다의 자리에서
> 저마다의 치열한 싸움을 하고 있으니.

자주 가는 마트 음료 코너를 둘러보는데, 서너 명의 사람이 막 식사를 마친 듯 이쑤시개를 입에 물고 들어옵니다. 근처 건설 현장에서 일하는 분들인 것 같습니다. 흙투성이 작업복에 장갑을 탁탁 털면서 캔 커피를 찾는데, 깜짝 놀랄 정도로 큰 소리로 대화를 합니다. 싸움이라도 난 것처럼 고래고래 대화하는 그분들을 보며 주변 사람들도 미간에 주름이 드리우기 시작하는데, 어디선가 들었던 이야기가 생각납니다.

공사 현장에서 일하는 분들은 큰 소음 때문에 청력이 약해지는 경우가 많다는 이야기. 그래서 좀 크게 대화하는 분들이 있을 거라는 이야기. 그저 악의 없는 대화였을 뿐이지만 또 오해하고 마음속에서 악역으로 몰아갔던 것인지 모르겠습니다.

우리는 저들의 상황을 모르고, 저들이 얼마나 힘겨운지도 알 수 없습니다. 남들을 위한 작은 배려를 신경 쓸 겨를이 없을 만큼 팍팍한 삶일 수도 있습니다. 어떤 이들은 툭 건드리면 무너져 내릴 만큼의 아픔을 안고 걸음을 옮기는 중인지도 모르지요.

몇 년 전, 역 안에서 난동을 부리는 취객의 영상이 화제가 된 적이 있습니다. 소리를 지르며 난동을 부리는데 경찰의 제지도 소용이 없습니다. 모두가 눈살을 찌푸릴 때, 근처에 있던 한 청년이 취객에게 다가갑니다. 그리고 소란을 부리는 취객을 따뜻하게 안아줍니다.

토닥토닥.

통제가 되지 않던 취객은 순간 울컥하더니 잠시 후, 놀랍게도 청년의 어깨에 얼굴을 기대고 흐느낍니다.

물론 남에게 피해를 입히는 것은 분명 지양해야 하며, 이런 상황들로 설명할 수 없는 분명한 빌런들이 존재 하겠지요. 다만 조금만 더 이해하려는 마음을 가지면 어떨까 싶습니다. 이해의 범위가 조금만 확장되면 주변의 악역은 확연히 줄어들게 되니까요. 그들과 어우러져 살아가는 나 자신의 심신에도 그 편이 훨씬 도움이 되겠습니다.

아직 마음이 그렇게 넓지는 못해서 일련의 경험을 하고도 이해하기 힘든 상황은 여전히 많습니다. 그럼에도 내 마음을 지키고자 이해해 보려고 합니다.

나도 같은 상황일 수 있다. 나는 절대 저런 상황을 만들지 않는다고 확신할 수 있을까? 악의 없는, 우리처럼 삶에 지친 누군가일 수도 있다. 어쩌면 감당하기 힘든 저마다의 싸움을 치르고 있는 괴로움의 표출이 아닐까?

이해할 수 없는 빌런으로 단정하고 탓하기 전에 떠올려야겠습니다. 제대로 알지도 못하고 마음속으로 만들어진 빌런 때문에 내 마음을 망치는 일이 없도록, 나를 위해서라도 이해해보아야겠습니다.

○ 멀어져야 할 사람

　도로에서 떨고 있는 아기 고양이를 구출한 마음씨 좋은 부부의 영상을 본 적이 있다. 도저히 그냥 두고 갈 수가 없어 구출했지만 이미 집에서 기르고 있는 나이 든 고양이와 잘 지낼 수 있을지 걱정이 앞서는 모습이다. 아니나 다를까, 두 고양이는 한바탕 뒤엉켜 드잡이질을 해댔고, 시간이 꽤 지난 후에야 서열이 정해졌는지 조금씩 서로를 받아들인다. 반려동물의 합사는 이렇게 의식처럼 서열 정리를 거치기에 인간 집사들은 진땀을 뺀다고 한다.

　다만 이런 서열 정리가 사람과 사람, 그것도 동등한 관계에서까지 필요하다고 생각하진 않는다. 이미 사회생활에서 정해진 직급에 따라, 갑을관계에 따라 숨 쉬듯 서열이라는 것에 눌리어 살아가는 우리다. 먹고사는 일 외적인 관계에서까지 강자와 약자로 우열을 가려야만 속이 시원한, 아니 본인이 기어이 우위를 점해야만 직성이 풀리는 사람이 달갑지 않은 이유다.

　나름 가깝다고 생각했지만 한 번씩 애매하게 선을 넘는 사람. 한

두 명씩은 떠오르는 얼굴이 있을 것이다. 차라리 확실하게 선을 넘어버린다면 망설임 없이 멀어질 수라도 있겠지만, 영 모호하고 찜찜한 게 이 정도로 불편해하는 내 속이 좁은 건가 싶은 생각이 들기도 한다.

안타깝지만 그 사람에게 나는 꽤 만만하게 보였을지도 모르겠다. 그게 나라든 사람이든, 크고 작은 도발이란 결국 '건드려볼 만한' 대상을 향하는 것. 그리고 자잘한 침범이 이어지다 보면 결국은 점점 더 많은 범위를 내어주어야 하기 마련이다.

계속해서 조금씩
선을 넘는 사람은
선을 더 크게 넘어도 되는지
가늠하려는 것일지도 몰라.

애초에 '적당히'를 생각했다면 그렇게 선을 넘나들지는 않았겠지. 실수로 선을 넘었다면 화들짝 놀라서 훨씬 조심하는 게 정상이지 않을까. 사람과 사람의 관계에서 군이 주도권을 쥐고, 상대방 위에 올라서려는 사람이라니. 생각만 해도 피곤함이 몰려온다. 이미 하루 종일 시달린 우리가 이런 추가적인 수고로움까지 짊어질 필요는 없는 것이다.

잊지 말자.

이렇게 소모적이고 불편한 관계는 절대로 정상이 아니라는 것을.

함께할수록 힘들어지는 사람이라면 과감하게 거리 두기.

관계를 위한 관계라면 과감하게 내려놓기.

아니다 싶으면

아닌 게 맞다.

○ 새로운 관계

새로운 관계를 시작하는 것에
점점 많은 고민이 필요해지는 것 같아.

인간관계 너무 쉽고 편했던 시절이 있었는데. 어릴 때는 사람을 만날 때 어디까지 열어야 할지 이렇게까지 고민하지 않았는데. 예전에는 나와 맞는 사람인지 아닌지 뛰어들어 부딪히면서 알아갔지만 이제는 인간관계의 쓴맛을 너무나 알아버린 우리다. 그렇게 겹겹이 채워져버린 잠금장치를 하나하나 풀어내며, 마음을 연다는 것이 여간 어려운 게 아니다.

그리고 시간이 흐를수록 새로운 관계가 점점 힘들어진다는 건, 다름이 아니라 체력을 분배하기 시작했다는 것이겠지. 예전처럼 있는 힘껏 아웅다웅하며 알아가기에는 이미 신경 쓸 일이 너무 많은 우리다. 사람으로 마음 쓰기엔 이미 주어진 삶이 꽤나 벅찬 이 현실을 씁쓸해하기보다는, 그 많은 잠금장치가 무색하게도 불쑥 삶에 들어와 한 자리 차지하고 있는.

그 귀한 인연을 더 소중히 대하는 수밖에.

○ 결국은 사람

하루가 힘들고 고달파지는 이유는 결국 '사람'이 맞나 보다. 이런 저런 상황이야 있겠지만, 하나씩 따져보면 결국 그 끝에는 나를 힘들게 하는 누군가가 자리하고 있기 마련이다. 굳이 깨닫고 싶지 않았지만, 세상은 넓고 이상한 사람은 많다는 그 말을 날이 갈수록 실감하게 된다.

하지만 나를 힘들게 하는 이상한 사람들이 세상 가득하다는 착각으로, 인류애를 잃어버리는 일은 없어야겠다.

> 생각해보면 주변에 좋은 사람은 많아.
> 싫은 사람이 워낙 강력하게 싫어서 힘들 뿐.

막상 나열해보면 나를 힘들게 하는 이상한 사람보다, 멀쩡하고 좋은 사람이 많다. 나와 같은 처지에서 함께 공감해주고 서로 의지가 되어주는 사람들도 줄줄이 떠오른다. 다만, 안타깝게도 영화 속이나 현실이나 악역의 존재감이 워낙 막강할 뿐. 내 하루에 드리운 악역의 그늘에 가려져있는 좋은 이들, 곳곳에 숨겨진 안전 구역처럼, 숨 쉴 틈이 되어주는 소중한 이들에게 더욱 초점을 맞추는 연습을 해야겠다. 내 하루를 황폐하게 하는 것도 사람이나, 더 많은 선량한 마음을 모아 지탱해 주는 것 또한 사람이니.

힘들수록 사람에 싫증 내고 사람을 멀리할 것이 아니라, 멀리할 사람 줄여가고 끌어안을 사람 어떻게든 한 번 더 마주하며 내 하루를 보듬어야지.

좋은 사람들
원 없이 보고
싫은 사람들
적당히 마주치는
하루하루가 되길.

○ 거절의 기술

　책상을 정리하다 발견한 오래된 메모 뭉치에서 유난히 격정적으로 휘갈겨 쓴 메모 하나가 눈에 들어온다.

　'거절 연습!!!'

　내가 썼지만 시간이 지나고 보면 왜 썼는지 기억이 가물가물한 메모들이 많은데, 저 당시의 나는 거절이 필요한 상황에 어지간히도 스트레스를 받고 있었나 보다. 그때의 나에겐 미안하지만 지금의 나에게도 거절의 순간은 여전히 어렵다.

　상대방의 심정을 고려하지 않는 무책임한 철벽을 좋은 거절이라고 보지 않듯. 거절이라는 것은 나와 상대방의 마음을 모두 다독이며 최소한의 완충장치를 두르고 난처함을 최소화하며 사안을 밀어내는 복잡한 과정인 것이다.

　그러니 거절이 승낙보다 어려워지고, 거절이 승낙보다 중요해지는 순간을 더러 마주하게 된다. 가까운 사이일수록, 잃고 싶지 않은 사이일수록 거절의 난이도 역시 높아지는 법.

　거절 못 하면 난처해지고, 어정쩡하게 거절하면 감정 상하고. 거절이라는 건 어려운 것이 맞다. 마음이 약해 여지를 남기거나, 서툰 전달로 기분을 상하게 하거나. 애매함은 결국 거절하는 이와 거절 당하는 이 모두에게 좋지 않은 기억으로 남을 테니.

적절하게 거절하는 것도
기술이고 능력이다.

언제쯤이면 젠틀하고 나이스하게 거절할 수 있는 사람이 될까. 상대방의 기분을 배려하면서도 모호하지 않게, 단호한 의사를 전달할 수 있는 거절 고수를 꿈꾸는 밤이다.

사업을 하는 친구에게 직접 쓴 손 글씨 로고를 만들어주느라 주말을 꼬박 사용했다. 개업할 때 깜짝 방문했던 게 얼마 전 같은데, 차근차근 꾸준히 확장하는 모습이 보기 좋으면서 다행이라는 생각을 한다. 내 글씨가 도움이 될지는 모르겠지만, 소중한 이들에게 도움을 주고 싶어 연습한 글씨이니 기꺼이 공들여본다.

그러고 보니 지금은 형제처럼 친한 친구가 되었지만, 처음 봤을 때는 진짜 별로였다. 부리부리한 이목구비에 다소 건들건들해 보이는 걸음까지.

딱 싸가지 없어 보이는 게 '아, 이 사람이랑은 죽어도 못 친해지겠다.' 생각했더랬다. 우연에 우연에 우연이 겹쳐 같이 활동할 일이 많아지면서 대화라는 걸 해보니, 첫인상과는 완전히 다른 친구라는 걸 알게 알게 되었지만.

건방져 보이기만 했던 표정은 긴장할 때 나오는 표정이었고, 건들건들한 걸음은 운동하다 다친 허리 때문이라는 걸 지금은 너무 잘 알게 되었지만. 그때 그 우연한 기회가 없었다면 지금 이 둘도 없는 친구는 이미 첫인상에서 차단되었을 수도 있겠구나 생각한다.

　아무런 정보도 없이 성립되는 첫인상이라는 건 정말로 믿을 게 못 되는 것이 아닌가. 딱히 싫어할 이유가 없는데도 왠지 마음에 들지 않아 여전히 가까워지지 못하는 몇몇 얼굴이 스쳐 지나간다. 그 사람들도 알고 보면 썩 잘 맞는 부분이 있을지도 모르겠다.

　　싫은 이유가 분명하지 않다면
　　성급하게 싫다고
　　결론지어버리지 말 것.

　좋고 싫음은 감정의 영역이겠지만, 곰곰이 들여다보면 하나둘씩 분명한 이유를 끄집어낼 수 있는 것이다. 그 이유가 분명하지 않다면, 그때의 기분이나 상황, 환경이 대입된 것일지도 모르겠다.

　성급하게 싫다고 결론지어 버려서 '알고 보니', '의외로' 잘 맞는 점들을 발견할 기회까지 영영 놓치는 일은 없어야겠다.

○ 기대와 실망

실망이라는 것은 결국 기대에서 탄생하며, 기대를 먹고 자라나는 것. 어쩌면 대부분의 실망은 돌려받으려는 마음에서 시작된다. '내가 이만큼 해주었으니 이만큼 되돌아오겠지' 하는 기대. 하지만 사람마다 담아내는 하루는 모두 다르고, 같은 상황도 받아들이는 무게는 모두 다른 것이 현실이다. 성급한 기대로 관계를 망치고 나 자신도 갉아먹는 일은 없었으면 한다.

그러니 우리는 내 마음을 지켜내기 위해서라도 기대치를 관리하자. 기대를 회수하는 것에 대해서만큼은 조금 무던해지는 것이 건강에 좋을지도 모른다.

자신이 베푼 것 이상을 기대하지 말고, 베푼 만큼 반드시 돌아올 것을 기대하지도 말 것. 가는 게 없었다면 오는 게 없는 것이 당연하고, 그렇다고 가는 만큼 항상 온전히 돌아오는 것도 아니라는 것을 기억하자.

내 기준에 맞춰 기대해놓고
내 기준에 맞춰 실망하지 말 것.

멀어지기 위해 작정한 것이 아니라면, 내 기준에 맞춰 단정 짓지 말 것. 기대라는 것은 가끔, 아니 사실은 거의 대부분 결과보다 저만큼 앞서나가는 녀석이다. 그러니 기대라는 녀석이 기준이 되어버리면 많은 것이 자격 미달로 멀어지고야 말 것이다. '당연함'의 기준 역시 사람마다 다를 수 있다는 것이 '당연함'을 기억하자. 나의 '당연함'에 맞지 않아 상심하고 멀어지는 관계가 없도록.

사람을 알아가는 중입니다

좋은 사람들
원없이 보고

싫은 사람들
적당히 마주치는
하루하루가 되길

○ 고민수집가

예전에는 남들 이야기 들어주는 걸 그렇게도 좋아하고 즐겼더랬다. 중학생 때는 고민이 있어 보이는 친구가 보이면 굳이 매점으로 끌고 가 소시지빵이라도 물려주며 고민을 들어줬다. 고등학생 시절에는 야자가 끝난 늦은 시간에도 학교 앞 '엄마손분식', '아지트떡볶이' 사장님 고민까지 챙겼던 오지라퍼가 나였다.

그리고 이 오지랖은 대학생 때도 어디 안 가고 그대로 이어졌다. 캠퍼스에 딱딱한 시멘트 벤치가 철거되고 그 자리에 예쁜 가로등과 테라스가 설치되었을 때. 해가 지고 은은한 가로등이 탁 켜지면 그만한 상담 공간이 또 없는 것이다. 그 유명한 편의점 앞 플라스틱 의자만큼이나, 앉기만 하면 속 깊은 얘기가 술술 나오는 마법 같은 자리였다.

앉은 자리에서 이야기 들어주다 보면 어느새 한밤중이 되어 있기 일쑤. 내 시간 쏟아가며 무슨 낭비인가 싶은 사람도 있겠지만, 낭비라는 생각은 조금도 들지 않았다.

그때는.

'그런 사정이 있었구나'

평소에는 보이지 않았던 인간관계들, 엮여있는 크고 작은 갈등과 미묘한 애정 전선 같은 것들, 자세히 듣지 못했다면 오해하고 넘어갔을 사건들, 맞춰지지 않던 사건의 퍼즐들 같은.

깊은 대화를 통해 내가 인식하는 상대방을 점점 선명하게 완성해가는 느낌. 어렵게 고민을 털어놓을 때, 이 사람이 나를 신뢰하고 의지한다는 묘한 만족감 따위에 심취했던 것인지도 모른다. 오히려 나를 믿고 고민을 공유해주지 않으면 서운한 마음까지 들었으니.

그때는.

사회에 나와 책임져야 할 것들이 하나둘씩 늘어나는 지금은 많이 다른 사람이 되었다. 간단히 말하면 남들에게 쏟아부을 에너지가 예전 같지 않은 것이다.

사명감처럼 수집하던 다른 이들의 고민과 비밀들에 함께 안타까워하고 함께 욕해주면서 알게 모르게 쌓이는 스트레스와 감정 소모가 감당이 되지 않는 순간이 오게 된다.

고민을 나누면 반이 된다는데, 그렇게 나눠 짊어진 절반의 고민들이 쌓이고 쌓여 어느새 나를 짓누르게 되는 것이다. 이것저것 신경 쓰다 과부하 걸린 마음에, 되려 내가 가라앉는 요상한 경험을 하게 된다.

이 사람의 내면에 무언가 어두운 면이, 건드리면 터져 나와 나까지 잠기게 만들 것 같은 깊은 고민이 느껴지면 거리를 유지하게 되는 것이다. 기꺼이 함께 뛰어들던 예전의 패기는 찾기가 어렵다.

잘못된 변화라고는 생각하지 않는다. 그때의 에너지 넘치던 내가 변했음에 안타까움이야 있겠지만, 지금의 나는 또 그만큼 챙겨야 할 것이 늘어있고, 감당해야 할 역할들이 있다. 다시 남들에게 그렇게 원 없이 에너지를 쏟아붓던 모습을 되찾을 날이 올지는 잘 모르겠다.

그래도 떠올리다 보니 그때의 오지랖 가득한 나는 참 반짝였다. 쉴 새 없이 뜨끈뜨끈했고. 다시 한번 주변의 고민을 함께 짊어질 정도로, 어깨가 가벼워질 어떤 날을 기다려본다.

◦ MBTI가 어떻게 되세요?

처음 만난 사람도 인사 다음으로 "MBTI가 어떻게 되세요?" 같은 질문을 나누는 세상이 되었습니다. 학교에서 진로 추천 때나 사용했던 검사가 어느 순간 사람과 사람의 관계에 핵심으로 자리를 잡다니. 한동안 그닥 적응이 되지 않아 검사도 미루고 미뤘지만, MBTI 모르면 대화에 끼지도 못하는 지경이 되어 있더군요. 떠밀리듯 질문 열여섯 개짜리 무료 검사를 시도하게 됩니다. 시작이 어렵지 막상 발을 들이고 나니 열렬한 MBTI 추종자가 되어버렸고, 사람들 성향을 맞추는 재미에 빠져버린 저를 발견하게 됩니다.

사람을 분류하고 규정하려는 시도는 항상 존재해왔을지도 모릅니다. 대학교 입시 면접 때 단골 기출문제였던 '성선설'과 '성악설'도 따지고 보면 그렇지요. 사람은 원래 선하다, 사람은 원래 악하다, 결국 사람을 규정하려는 시도였으니까요. 백성들은 먹고사는 것이 걱정인데 그 머리 좋은 학자들이 이런 걸로 싸우고 있다니. 당최 이해가 되질 않았습니다. 돌아보니 이것도 사람의 본질을 알고 싶어 하던 가장 근본적인 질문이었는지 모릅니다. 그때나 지금이나 인간관계는 힘들고, 가장 알 수 없는 것은 사람이었나 봅니다. 그 뒤로는 혈액형으로 사람을 네 가지로 분류해 규정하려 하더니, 지금은 열여섯 가지 MBTI로 분류해버립니다.

성선설, 성악설 중 무엇이 맞냐고 물어보면 제법 단호하게 '사람은 규정할 수 없다'고 답변했던 기억이 납니다. 사람이 그렇게 간단하게 규정된다면 너무도 좋겠지만, 어떻게 이 수많은 사람들을 그 간단한 틀 안에 맞추겠냐고. 사람은 '천차만별'이 맞다고. 당돌하게 대답하는 학생이었는데….

누구나 느끼겠지만 살아갈수록 인간관계라는 것이 참 만만치 않습니다. 제법 잘 아는 사이라고 자부해도 미처 파악하지 못한 오해와 갈등이 곳곳에 도사리고 있으니까요. 예나 지금이나 사람을 대할 때도 설명서가 필요했나 봅니다.

'이 사람은 이런 타입이니 이런 생각을 하고, 이런 성향이고, 이렇게 대하면 돼.' 갈등도 줄이고, 손쉽게 나와 맞는 사람도 찾을 수 있는 가이드라인이 필요했나 봅니다. 사회가 MBTI에 열광하는 것 자체가 어쩌면 인간관계의 어려움을 반증하는 것일지도 모르겠습니다.

그리고 이런 유행은 분명, 그동안 미처 신경 쓰지 못했던 여러 효

과로 이어졌다고 생각합니다. 예를 들면, 나와 다른 '반대편의 존재'를 인지하고 어느 정도 이해하게 되었다는 겁니다. 예전에는 내성적인 아이들은 사회성이 없다며 걱정의 대상이었습니다. 이제는 이렇게나 많은 '내향형' 사람들, 그들에게 반드시 필요한 혼자만의 오롯이 충전하는 시간이 존중받게 되었죠.

'이성적인 사람'과 '감성적인 사람'은 서로의 공감 방식의 차이를 인지하게 됐고, '계획적인 사람'과 '즉흥적인 사람'은 추구하는 삶의 방식의 다름을 파악하게 되었으니까요.

그렇지만 부작용이 없는 것은 아닐 겁니다. 누군지도 모르는 사람들이 마치 '설명서'처럼, 유형별 성향에 적합한 직업까지 마구잡이로 정해버리니까요. 이 많은 사람을 어떻게 열여섯 가지로 간단히 구분할 수 있겠어요. 저마다 다른 모두를 규정하려면 성격 유형도 70억 넘는 인구수대로 나누어야 할 겁니다.

고작 알파벳 4개로 그 사람을 성급하게 판단하고 단정 지어버리는 일은 없었으면 좋겠다는 생각을 합니다. 우리가 더 편하게 누군가를 파악하기 위해 만들어놓은 장치들이 오히려 누군가를 직접 겪으며 알아가는 즐거움을 차단해버리는 건 아닐까요?

겪어보고 판단해도 늦지 않을 겁니다. 사람을 겪는 일에는 인색해지지 맙시다. "몰랐는데 '알고 보니' 이런 면이 있었네?" 같은 류의 즐거움. 첫인상이 뒤집히기도 하고, 서서히 빠져들기도 하고, 너무 달라 실망도 해보고, 어느새 물들어있기도 하고. 이 발견해내는 즐거움과, 그렇게 퍼즐처럼 한 조각씩 누군가를 완성해가는 즐거움은 잃지 않았으면 좋겠습니다.

열여섯 가지 유형 같은 건 재미있으니, 흥미로우니 그걸로 된 겁니다. 나는 어떤 사람인지 진지하게 고민도 해보고, 이렇게 다른 사람도 있구나 이해의 영역을 확장했으니 가치 있었던 겁니다. 사람이라는 복잡한 생명체는 분류를 믿지 말고 직접 겪은 정보로 정립합시다.

무엇보다 사람은, 그야말로 대상에 따라 변하는 생물. 이 사람이 '나와의 관계'에서 어떤 모습인지는 내가 판단해야 할 겁니다. 허름한 간판만 보고 놓치는 맛집은 없어야 합니다. 사람도 마찬가지고요.

쭈꾸미 전문점 간판을 보고 내키지 않았던 식당이,
'알고 보니' 부대찌개 맛집이었던 어떤 날에.

○ 바쁨과 소중함

소중한 것을 챙기는 것조차 버거울 만큼
마음의 여유가 없는 시기가 있다는 것.

가진 것 없던 시기에는 그저 돈을 벌면 행복할 거라 생각합니다. 그런데 막상 돈을 벌기 시작하면 알게 되지요. 새벽같이 일어나 그 지옥 같은 출근 러시에 뛰어들어, 잘 먹지도 않던 커피가 없으면 버텨낼 수 없는 길고 긴 하루를 갈아내고, 기어이 퇴근 시간을 한참 넘기고서야 눈치를 살피며 멀고 먼 퇴근 행렬에 합류하고, 별다른 무언가를 채워볼 엄두도 내지 못하고 속절없이 지나가는 시간을 붙잡다가 잠을 청하고… 또 다시 새벽같이 시작되는 하루. 주말만 바라보며 버텨내는 하루의 반복입니다.

왜 어른들은 주말에도 필사적으로 누워만 있는지 어릴 때는 이해하지 못했으나, 이내 그 방전된 어른들의 모습을 한 나를 발견하곤 합니다.

바쁠수록, 몸과 마음이 고될수록, 나도 모르게 소중한 것들을 귀찮고 걸리적거리는 존재로 대한 적은 없나요?

분명 소중한 것을 지켜내기 위해 이렇게 기를 쓰고 달리는 것이지만, 열심히 달릴수록 오히려 소중한 것에 소홀해지다니. 이런 안타까운 모순이 있을까요. 대체 무슨 부귀영화를 누리겠다고.

> 바빠질수록 밀려나는 게
> 가장 소중한 이들이라면,
> 무엇을 위해 이렇게
> 정신없이 달리고 있는지.

바빠질수록, 소홀해질수록 잊지 말아야겠습니다. 우리는 소중한 이들과 더 행복하기 위해 바쁜 일상을 열심히 살아내고 있다는 것을. 이 반복되는 바쁜 하루 자체가 목표가 되어버리면, 다른 중요한 것들이 그저 길목에 있는 귀찮은 짐으로 여겨져 버릴지 모르니. 비록 작은 여력, 조그마한 시간일지라도, 주어진 만큼 감사히 내 소중한 이들을 보듬어야겠습니다.

다시 반복될 정신없는 하루에 뛰어들 수 있는 소중한 원동력이 무엇이었는지 되돌아볼 시점인지 모릅니다.

○ 싫은 사람과 소중한 사람

　내 하루를 거쳐 가는 모든 이들이 다 좋은 사람이라면 얼마나 좋을까요? 그보다 이상적인 하루는 없을 텐데. 아쉽게도 어딜 가나 나와 잘 맞고 좋은 사람만 있을 수는 없는 일입니다. 사실 살아가면서 겪는 정말로 힘든 순간은 나와 맞지 않는 사람, 정말 싫은 누군가에 의해 벌어질 때가 많지요. 짊어진 역할보다, 사람으로 힘들어하는 날이 생각보다 많습니다. 어쩌면 일이 힘든 것 보다 사람이 안 맞는 것이 훨씬 더 힘들 때도 있을 거예요. 힘든 일도 좋은 사람들과 함께면 훨씬 잘 이겨낼 수 있다지만, 반대로 정말 싫은 사람과 함께하는 건 일이 쉽다는 것으로도 잘 메워지지가 않거든요.

　'어이구 이 사람은 진짜 안 맞다' 하면서 피할 수나 있다면 다행이지만, 이리저리 엮여서 안 볼 수도, 대놓고 마음껏 싫어할 수도 없는 관계라면 참 난감합니다. 이런 이들도 웃는 얼굴로 대해야 하는 상황을 겪으며 '이게 사회생활이구나' 깨닫게 되지요.

　유난히 사람으로 시달리다 터덜터덜 집으로 돌아온 날이면 왠지 가족에게도 말이 예쁘게 나가질 않는 것입니다. 하루 종일 한껏 예민해진 마음에 사소한 일에도 짜증이 스며들거든요.

> 싫은 사람에게 웃는 얼굴을 하고
> 소중한 사람에게 상처를 주는 현실.

다른 이에게 받은 상처와 부당함을 소중한 이에게 전가하는 것만큼 미련한 것이 있을까요? 상처 준 이는 따로 있는데 정작 나를 걱정해주는 이에게 감정을 쏟아내는, 후회할 것이 분명한 상황만은 만들지 말아야겠습니다.

그저 마음 맞는 이들과 한탄 좀 하다가, 가끔 시원하게 험담도 좀 하면서, 누군가를 미워하는 마음은 허공으로 날리는 것이 맞는듯합니다. 갈 곳 잃은 마음이 소중한 이들에게 향하는 일은 없도록.

그리고 혹시라도. 배부른 소리 같지만, 혹시라도 여유가 생긴다면. 나를 힘들게 하는 그 사람에 대한 미움의 자리에 '연민'이라는 것을 끼워 넣어봅시다.

그 사람 또한 평범한 누군가의 가족이고, 누군가에겐 최고로 소중한 존재일 것이 분명합니다. 많이 초조하거나, 많이 지쳐있거나, 우리가 모르는 아픔을 간직하고 있는, 어떤 이유에서인지 살짝 어긋나있는, 너무나 평범한 이들인 것입니다.

내가 상처 받았던 그 장면이 유독 머릿속에 남겠지만, 반복 재생되는 장면 속 등장인물은 점점 더 악독한 모습으로 기억 속 비중을 늘려가겠지만. 그 장면 밖의 '악역 1'은 그저 평범하고 지쳐있는 누군가일 뿐입니다. 오히려 연약하기에, 무언가를 향한 방어기제로 취한 행동이 다른 이를 힘들어지게 했는지도 모르겠습니다. 어느 누가 미움받는 모습이 되고 싶겠어요. 남의 마음까지 세심하게 살필 여력조차 없을 만큼 지쳐있는 사람은 아닐까요?

싫어하는 마음도 연료가 있어야 끊임없이 타오르는 법인데, 이렇게 연민으로 대하는 순간 맥이 탁 풀리며 사그라들기도 하거든요. 이런 이들로 인해 망가져버리기엔 우리 마음이 너무 소중합니다. 불쌍한 사람, 조금 나약하고 어긋난 사람이니, 온전하고 건강한 우리가 조금은 이해해보는 겁니다. 혹시 여유가 생긴다면 말입니다.

정말로 나쁜 사람이라면 그 또한 다행입니다. 여기저기 뿌려놓은 나쁜 마음은 열매 맺는 순간 뿌린 이에게로 돌아가니까요. 뿌려놓은 수많은 열매 중에 어떤 것인지도 모른 채 걸려 넘어져, 나의 장면에서 퇴장해줄 테니까요.

무엇보다 중요한 건 우리도 누군가에게 우리가 싫어했던 누군가의 모습과 똑같이 비춰지는 것을 경계해야겠습니다. 이제는 알지요. 살면서 엄청난 악당을 만나는 것은 그야말로 드문 일이나, 흔한 생활 속의 악마가 훨씬 더 무서운 법이라는 걸.

내 사소한 말과 행동이, 별거 아닌 오만과 아집이. 어떤 이에게는 잠 못 이루는 밤으로, 맞이하기 두려운 아침으로 이어지지 않도록 항상 돌아보아야겠습니다.

악역이 머문 자리에
또 다른 악역이 탄생하는 일은 없도록.

○ 비중

　우리는 대체 언제쯤 사람에게 상처받지 않는 노련하고 단단한 모습이 될까요? 지내온 날을 돌아보면 인상적일 만큼 골치 아픈 얼굴들이 시기별로 남아있습니다. 인간관계도 겪어가며 안목을 키워야 할 텐데 얼마나 더 겪어야 편해질까요?

　다만 의미 있는 발견이라면, 그 골치 아팠던 얼굴들은 결국 지금 나의 장면에는 남아있지 않습니다. 살면서 그저 잠깐 겹치는 짧은 노선에서, 참 얼마 못 갈 얕은 인연 때문에. 그때는 왜 그렇게까지 아웅다웅하며 마음을 썼을까요.

　이렇게 기억에서도 가물가물해질 사람이었는데, 평생을 놓고 보면 나에게 미치는 영향이라고는 지극히 미약한 사람이었는데, 왜 온 세상이 다 걸린 것처럼 그렇게 신경을 썼을까요.

　　그럴 가치가 없는 사람들에게
　　낭비되는 감정이 너무 많은 것 같아.

　물론 누군가에게 '가치'를 매긴다는 것이 참 내키지 않는 말입니다. 하지만 모든 소비에는 합리적인 기준이 필요하지요. 우리 감정 또한 함부로 소비할 수 없는 한정되고 가치 있는 것이니 펑펑 낭비할 수는 없는 것입니다. 탕진을 막기 위해 한 번쯤은 깐깐해지기로 합니다.

내게 의미 있는, 좋은 이들이었다면 아직도 내 장면 속에 남아주었을 겁니다. 우리는 가볍게 지나가는 이들이 가볍게 던지는 말보다, 오래오래 함께할 의미 있는 존재들의 말에 더 귀 기울였어야 했습니다. 이제는 내 마음 소모하는 일도 좀 가려가면서, 효율적으로 관리해봐야겠다는 생각을 합니다.

> 나를 가볍게 판단하고
> 힘들게 하는 사람은
> 내 삶에서의 비중도
> 그만큼 가볍다는 걸 잊지 말 것.

애초에 당신에게 정말 중요하게 남아줄 사람이라면 절대로 당신을 가볍게 판단하지 않겠지요. 절대로 그렇게 '가볍게' 당신을 힘들게 하지 않았을 것이고, 어떻게든 이보다 길게 이어진 관계가 되었을 겁니다. 아니라는 겁니다. 그 정도의 사람이.

끙끙거리고 감정 소비할 가치가 있는 사람이 아니라면 소중한 사람 한번더 챙기는 걸로 합시다. 한 걸음 물러나서 떠올려보는 겁니다. 정말 내가 저 사람 때문에 마음 상할 필요가 있는지.

그들이 받아들이는 내 모습도, 나에 대한 평가도.

그들이 쏟아내는 모든 것들이

생각보다 가벼워짐을 느끼게 될 겁니다.

그저 그 정도의 비중일 뿐입니다.

○ 정답이 아닐 수도

학부 시절 수강했던 수많은 수업 중에 유독 기억에 남는 교양 수업이 있다. 정확히는 수업보다 교수님이 기억에 남는다. 중간고사나 기말고사도 없고, 출석도 성적에 반영하지 않는다. 날씨가 이렇게 좋은데, 젊은 학생들에게는 수업보다 중요한 것도 있지 않겠느냐고 하셨던 것 같다.

대신 교수님이 주기적으로 제시하는 주제에 대해 그때그때 자신의 생각을 풀어보는 방식이었다. 특히 인상적이었던 것은, 교수님이 학생의 생각에 대해서 절대로 '틀렸다', '잘못되었다'라고 말한 적이 없다는 것이다. 조금 애매한 생각도, 황당해 보이는 생각도. '일리가 있어요.'라는 답변이 돌아갔다.

'일리(一理)'. 하나의 이치.

'그렇게도 생각할 수 있겠다.' 여러 이치 중 하나의 의견으로 수용해주시는 것이다.

나와 다른 생각에 대해 '그 말이 정답일 수 있겠다.' 선뜻 인정하는 것은 의외로 어려운 일이다. 보통은 '당신이 틀리고 내가 맞았어.'를 관철하기 위한 싸움을 너무 많이 접하게 되니까.

'그렇게 생각하는 사람이 있다면 그 또한 이유가 있겠지.' 정도의 생각을 갖추었으면 참 좋겠다는 생각을 한다.

시간을 많이 거슬러 올라가 초등학교 실험시간에, 준성이와 영돈이가 서로 알코올램프에 불을 붙이겠다며 성냥을 켠다. 동시에 달려들더니 이내 서로 상대방이 불을 붙였다고 티격거린다. 맞은편에서 조금 떨어져 지켜본 나는 목격했다. 비슷하게 뻗었으나 팔이 더 길었던 영돈이의 성냥이 먼저 불길을 옮긴 것을.

그러나 목격자의 증언에도 영돈이는 끝까지 자신이 불을 붙이지 않았다며 억울해했다. 진짜 그렇게 믿고 있는 듯했다. 자신이 믿고 있는 사실이 틀릴 수도 있다는 것을 인정하는 것은 참 어려운 일이라는 생각이 들었던, 내 기억 속 최초의 사건이다.

실제로 내가 기억하는, 내가 알고 있는 사실이 정답이 아닐 수도 있다. 정설로 받아들여지던 위대한 학자의 이론도 시간이 지나며 오류가 발견되기도 하는데. 내 생각이 완벽하다고 선뜻 주장하는 것이야말로 참 위험한 일인 것이다.

명심하자.
내 생각이 틀렸을 수도 있다.

자기 생각만 맹신하는 사람과 하는 대화만큼 힘든 게 없다. 자기 생각만 정답이라고 생각하는 사람 이해시키려 힘 빼는 것만큼 허탈한 것도 없고.

아직도 친구들이 모인 자리에서는 심심치 않게 의견 대립이 일어난다. "2014년에 이 노래가 나오고, 그 노래는 2015년에 나왔다니까?", "아니야 이 노래가 먼저 나왔다고, 내가 그때 알바하면서 들었는데!" 같은 유치한 싸움에 제법 자존심이 걸린다.

아쉬운 것은, 30대가 된 우리에게 이제는 "얼마 걸래?", "틀린 사람이 여기 계산하기!" 같은 패기까지는 좀처럼 찾아보기 힘들다. 보통 중립이었던 나는 구경하다가 덩달아 얻어먹는 재미가 쏠쏠했는데.

한 번씩 내 생각이 틀렸다는 것을 발견한 경험. 믿어 의심치 않던 잘 구축된 머릿속 세상이 통째로 무너져보기도 한 경험들이 쌓여 만들어낸 작은 변화일 것이다. 어쩌면 살아가며 지나친 자기 과신보다는 약간의 자기 불신을 곁들이는 것이 조금 더 도움이 될지 모르겠다. 의견이 나뉘는 순간마다 떠올릴 수 있도록 되새겨본다.

저 사람 의견도 일리가 있다.
저렇게 생각하는 이유가 있겠지.
어쩌면 내 생각이 틀릴 수도 있다.

공원에 핀 꽃을 보며 진달래다, 철쭉이다 큰 소리로 실랑이하는 어르신들을 보니 시간과 경험만으로 해결될 일은 아닐지도 모르겠다. 어쩌면 나이가 들수록 오랜 시간 동안 공고하게 구축된 세상이 흔들리는 것을 점점 더 용납하지 못하는 모습으로 굳어질지 모를 일이다.

나는 완벽하지 않으니 나 자신을 너무 맹신하지는 않도록, 조금 더 말랑말랑한 세상을 구축해야겠다는 생각을 해본다.

○ 어버이날

'오고 있니?'

'거의 다 와감'

　퇴근이 늦어져 벌써 저녁 8시 50분. 문을 연 꽃집을 찾느라 또 10분을 흘려보낸 후에야, 꽃바구니 두 개를 품에 안고 바쁜 걸음을 재촉한다. 중간에 은행도 들러 노란 현금 좀 뽑아 봉투 두 개에 나누어 담는다. 요즘이야 화면상의 숫자로만 흘러갈 때가 대부분이지만, 이런 날에 흰 봉투와 현금의 조합은 이길 수가 없는 것이다. 조금 이르게 하루를 마무리하는 엄마가 잠자리에 들기 전 아슬아슬하게 도착했다. 다행히 엄마 얼굴도 못 보는 참사는 면했다.

　"카네이션은 밝은 게 향기가 좋다길래 밝은색이고, 하나는 내 맘대로 수국으로 샀어요."

　엄마 아빠 하나씩 꽃바구니를 건네고.

　"그리고 이건 용돈."

　흰 봉투도 잊지 않고 전달한다.

"뭐 하러 꽃을 두 개나 샀어! 하나만 하지, 고마워!"

이런 날은 밖에서 맛있는 것도 같이 먹으면 좋을 텐데, 일 년에 한 번뿐인 어버이날에도 간신히 얼굴만 비추는 아들이 되어버렸다.

밖에서 우연히 들었던 대화 소리가 머리를 스친다.

"어버이날은 있는데 왜 자녀의날은 없는 거야?"

듣고 보니 '어린이날'은 있지만, 어린이가 아닌 자식들을 위한 날은 없는 것이다. 결론은 간단할지도 모르겠다.

고작 하루지만
신경 쓰고 마음을 다하는
그런 게 기념일이라면
부모에게는 매일매일이
자녀의 날이겠지요.

따로 날 잡고 기념하지 않아도 부모님은 매일매일이 자식 생각일 것이고, 자식이 우선일 것이다. 자녀의날 같은 게 없는 건 그 때문이겠지. 반면에 자식들에게는 단 하루라도 부모님을 우선시하는 날이 반드시 필요하다는 것이겠지. 날까지 지정해도 그 하루를 이렇게 허술하게 떼우고야 마는 못난 아들이라니.

아침에 일어나니,
지난밤 사온 꽃들이 벌써 예쁜 병에 정리되어 있다.

○ 그때로

    마감이라는 녀석이 언뜻언뜻 존재감을 드러내며 다가오는 시기. 잠까지 줄여가며 달려보지만 영 진도가 성에 차지 않아 초조함이 밀려옵니다. 주말에 여행이라도 다녀오자는 친구들의 연락이 마냥 반갑지만은 않습니다. 언제부터인가 매년 한두 번씩은 함께 여행을 떠나는 친구들입니다. 정신없이 살다보니 바빠질수록 '쉼'이라는 것을 먼저 미루게 되는 터라, 이렇게라도 끌고 떠나주는 친구들이 있어 다행일지도 모르겠습니다. 결국 불안한 마음에 노트북을 챙겨오고야 말았지만.

    '내가 지금 여행을 다니고 있어도 되는 건가?', '아쉬워도 이번 여행은 빠졌어야 하나?' 마음이 불안하니 오는 내내 그 예쁜 풍경도 눈에 담지를 못하고, 차안에서 노트북을 두드려봅니다.

    친구들끼리 보내는 시간이야 뭐 항상 그렇습니다. 못 본 사이에 쌓인 새로운 근황 잠깐 풀어내고, 근황 업데이트가 끝나면 이내 실없는 소리들로 채워지곤 합니다.

아침부터 흐리더니 결국 비가 쏟아지는데 이런 날씨에도 놀러온 사람들이 넘쳐납니다. 그중에서도 인상적이었던 건, 친구 사이로 보이는 서너 명의 어르신들이었습니다. 나이 지긋하신 점잖아 보이는 어르신들이 우산 하나로 갑자기 마주친 비를 피하는데, 물을 튀기며 서로 장난치는 모습을 보게 된 것입니다.

오래된 친구라는 것은 시간이 흘러 성숙되고 깊어지는 것 보다, 시간이 아무리 흘러도 그때와 똑같은 모습으로 돌아가게 만드는 보존력에 가깝다는 생각을 하게 됩니다. 조금씩 더 나이 먹고, 조금씩 더 삶을 쌓아가지만, 함께 모여 있는 것은 그때의 유치하고 까불거리던 꼬맹이들 모습 그대로인 것입니다.

숙소로 이동하며 생각합니다. 영양가 없고 실없는 장난으로 투닥거리는 우리의 수십 년 후도 저런 모습일까요? 머리가 희끗희끗한 어른이 되어도 저렇게 천진하게 웃으며 장난치는 모습 그대로일까요?

편한 사람들이 새로움과 자극을 주진 않겠지만, 특유의 익숙함과 편안함으로 경직된 몸과 마음을 말랑말랑 이완시켜주는 힘이 있지요. 만날 때마다 풀어놓아도 질리지 않고 매번 우리를 그 시절로 보내주는 오랜 기억들이 있지요.

고기를 굽느라 떠들썩한 바깥 소리를 들으며, 방에 남아 노트북을 두드려봅니다. 물론 마감은 여전히 불안하지만, 예나 지금이나 실없는 대화로 채워질 이 편안한 시간은 놓치지 말아야겠다는 생각을 합니다. 그때의 장면들을 넘나들며 채워갈, 실없지만 꼭 필요한 시간의 힘을 믿어보려고 합니다.

15년 전 모습으로 돌아갈 준비를 마치고
이만 노트북을 덮어야겠습니다.

○ 소중한 내 사람들에게

언제 만나도 어제 본 것처럼 편한 사람이 있다. 그 가볍지만 단단한 마음이 얼마나 값어치 있는 것인지는 두고두고 되새겨보아도 부족하기만 하다.

한때는 같은 배경을 뒤로 하고 매일 같이 얼굴 보며 겹치는 삶을 공유했던 이들. 이제는 서로 다른 배경에 놓여 각자의 무게를 짊어지고 살아가는 이들이, 잊지 않고 한 번씩 얼굴 맞대며 또다시 삶과 삶을 포개어 공유한다는 것.

얼마나 고맙고 또 어려운 일인지.
시간이 흘러도 곁에 남아있는 사람들이
얼마나 고맙고 소중한지.
너무 늦기 전에 깨닫는 것이 좋다.

너무 늦기 전에
내 사람들에게
미리미리 잘하기.

사랑을 헷갈리는 중이지만

예열이 잘되는
사람은 많아요

보온이 잘되는
사람을 만나요

그야말로 눈 한번 감았다 뜨면 환경도 상황도 변해버리는 세상에서, 한결같은 마음보다 고마운 것은 없다. 그 대단한 마음을 당연하게 여기는 것이야말로 얼마나 오만한 마음인가.

사람의 마음은 사실 호르몬이 좌우하고, 설레는 마음, 애틋한 마음도 어떤 호르몬 공급이 끊기면 시들해진다는 것을 듣고 허무함이 몰려왔던 시기가 있다. 사실은 그냥 호르몬의 노예가 아닌가.

그러나 단지 이런 화학적 반응의 결과라기엔, 그 애틋함이 설명되지 않는 관계를 우리는 분명 접해 왔을 것이다. 시작이야 호르몬 수치가 작용했을지언정 서로 간에 끈끈한 유대와 설명할 수 없는 소중한 마음들이 엮여 그깟 호르몬이 아니어도 본질은 변하지 않는, 단단한 관계가 있는 것이다.

반대로, 유독 호르몬의 명령에 착실히 반응하는 관계도 접할 수 있다. 체감상 이런 류의 상대를 더 많이 접할지도 모르겠다. 호르몬 수치가 치솟으며 덩달아 불같이 타오르다가, 호르몬 감소에 따라 덩달아 차갑게 식어가는, 그런 류의 상대. 착실하게 호르몬의 유효

기간에 순응하는 그런 사람.

예열이 잘 되는 사람은 많아요.
보온이 잘 되는 사람을 만나요.

누구나 처음에는 뜨겁다.
오히려 너무 불같은 사람을 경계하자.
그만큼 빠르게 식어버리기 십상이다.

불같이 타오르진 않아도 충분히 유지할 수 있는 은은한 온기를 지닌, 뜨겁진 않아도 오래도록 뜨끈한 잔열을 지닌, 그런 사람과 함께하자.

우리는 화학적 반응에 따라 서서히 저물어 가는 마음이 아닌, 보이지 않는 끈끈한 마음. 그 소중함을 동력 삼아 한결같은 사랑을 하자.

그리고 다시 한번 기억하자.

얼마나 대단하고
고마운 일인지 알기 때문에
절대로 당연하게 여기지 말아야 해.
한결같은 마음은.

○ 어떤 진심은

마음을 전하는 일에 유독 서툰 이들이 있다. 서툰 표현에 대해 조금은 방어하는 마음으로 일종의 명분을 달아보자면, 가볍지 않은 마음일수록 번쩍 들고 꺼내어 보여주기는 어려운 법이다.

> 어떤 진심은 오히려
> 거짓보다 서툴다는 것.
> 감추기도, 그렇다고 꾸미기도 어려운
> 어떤 진심은.

다만 후회가 많은 편이라면, 이 순간에도 후회라는 것이 차곡차곡 많이도 쌓여가는 중이라면, 좋은 마음을 숨겨버리는 걱정 많은 습관을 먼저 고쳐보는 게 어떨까. 입 밖으로 배출되지 못한 마음은 돌고 돌아 체지방 쌓이듯, 마음 안쪽 어딘가에 쌓이고 응어리져 무겁게 짓눌러오는 순간이 온다. 우리는 덩달아 기울어 가라앉게 될 것이고.

좋은 마음이라면 충분히 표현하고, 부정적인 마음을 눌러 담아야지, 보통 반대가 되면 대부분 후회로 이어질 수밖에. 좋은 마음일수록 입 밖으로 표현하는 연습이 필요한 법이다. 독심술 같은 거 없는 상대방이 그냥 알아주길 기대하지 말고.

정말로 충분히 표현했다면 세상에 전달되지 않은 진심이 이렇게 많을 리가 없다. 공들인 '비언어적' 표현은 낭만적일 수 있지만 전달력은 형편없어서, 입 밖으로 뱉어낸 사소한 진심보다 부족한 경우가 많다.

이 정도면 충분히 표현했다.
이런 위험한 생각을 할 시간에
말로 전하자.
말로.

진심은 결국 표현할 때 진심이 된다. 그냥 눌러 담아놓으면 전달되는 것은 아무것도 없다는 당연한 사실을 애써 외면하지 말아야 하는 것이다.

우리 적어도 마음은 아끼지 말자.
오히려 아낄수록 잃는 것만 늘어나는 것이 마음이니까.
좀 더 감정에 솔직해질 수 있는 모습이 되자.
내 감정에 솔직해지는 것 또한 용기일 테니까.

표현의 시기는 기다려 주지 않으니 아낌도 미룸도 없이 지금이어야 한다. '그때 더 표현했다면…'의 시기가 되기 전에.

있는 힘껏 표현하세요.
충분히 표현했다는 착각으로
닿지도 못한 채 저무는 마음이 없도록.

○ **연락**

'연락'이야 말로 무시할 수 없는 마음의 척도임은 분명하다. 관심이 있다면, 마음이 있다면 분명 기다려지고, 애가 탈것이지만, 마음이 없다면 그렇게까지 연연하지도 않을 것이다. 마음이 없다면 연락이 뜸하다고 그렇게까지 서운하지도 않을 것이고, 마음이 없다면 답장을 기다리며 그렇게까지 잠 못 이루는 밤을 보내지도 않을 것이고, 마음이 없다면 미세한 진동에 그렇게까지 화들짝 기대하며 휴대폰을 꺼내들지도 않을 것이다.

이렇게 짚어내다 보니 연락은 마음의 척도가 맞긴 한가 보다. 미동 없는 빈 화면을 수도 없이 확인했던 나는 마음이 있는 것이 맞고, 휴대폰 들고 있는 게 뻔한데 내 메시지의 숫자 '1'만 죽어라 방치했던 그 사람은 마음이 없는 것이 맞을 것이다.

관심의 정도는
답장의 속도가 말해준다.

좀 쓰리고 처량해도 부인할 수 없는 우선순위의 문제니까. 연락의 정도는 지닌 시간에 비례하는 게 아니라 지닌 마음에 비례하는 게 맞지. 연락할 시간이 부족한 게 아니라 연락할 마음이 부족한 것이 맞다.

시간이 없어도 마음이 있으면 어떻게든 하는 게 연락이지. 상대방이 서운한 것은 연락 때문만이 아니라, 그 부족한 마음을 알아챘기 때문일 것이고.

그래서 연락이 잘 되는 사람을 만나야 하는 것인지 모른다. 단지 연락이 잘 되는 사람이 아니라, 나에 대한 마음이 그저 연락이라는 수단으로 전달되는 것이니. 연락이 기울었다는 것은 마음도 기울었다는 것이니.

○ 누군가 마음에 들어오면

아침에 눈을 뜨는 순간
공기부터가 다르지.
누군가가 마음에 들어오면.

  그런 경험이 한 번씩은 있지 않나요? 예를 들면 그렇게 가기 싫었던 알바였는데 어떤 한 사람의 존재만으로 오히려 기다려지는 순간이 되어버리는 경험. 그렇게 잠이 많은 내가 얼굴이라도 한 번 더 마주치려고 눈이 번쩍 떠지는, 그런 놀라운 경험. 가장 소중한 휴일의 늦잠도 기꺼이 포기하고 달려 나가게 하는 마법 같은 힘.
  아마 사람이 가장 부지런해지고, 가장 의욕이 넘치는 순간은 누군가가 막 마음에 들어오게 된 순간이 아닐까요? 그 달디단 공기부터, 사소한 것 하나하나가 모두 의미를 갖게 되는 순간. 설렘을 동력으로 무엇이든 할 수 있을 것만 같은 바로 그런 경험.

  한 번씩은 있지요? 그 포기하기 어렵다는 야식도. 내일 보게 될 누군가에게 조금이라도 더 좋은 모습이고 싶은 마음 하나로 참아냅니다. 그런 힘이 있습니다. 설렘이라는 건.

> 변화가 필요할 때
> 가장 좋은 동기 부여는
> 잘 보이고 싶은 사람이 생기는 것.

더 나은 모습을 보여주고 싶은 누군가가 생겼을 때 사람은 얼마나 부지런해지는지. 그 마음이야말로 얼마나 멋진 동력인지. 조용히 들어와 무한에 가까운 동력이 되어주는 누군가가 있다는 것이 얼마나 행복한 일인지요.

그리고 나 또한 조용히 어딘가의 문 두드려 깊이 자리 잡고, 누군가에게 동력이 되어주고 있다면 얼마나 좋을까요? 어딘가에서 열심히 힘쓰고 있을지 모를 나 자신과 내 안에서 이제 막 힘쓰려고 자리 잡고 있는 그 누군가까지도.

마음 다해 응원을 보냅니다.

○ 바쁠수록

없는 시간도 만들어내게 해주는 사람이 있다.

바쁘니까 미뤄지는 약속이 있고, 바쁘니까 잠깐이라도 얼굴 봐야 힘이 나는 사람이 있는 것이다. 어쩌면 바쁨이라는 것도 이렇게나 상대적일 수 있다. 아무리 어려운 상황이 와도 밀어내지 못하는, 압도적으로 소중한 누군가가 있다는 것.

그 함께하고 싶은 시간을 위해 차라리 잠을 줄여보고, 점심 식사도 거르며 일을 서둘러보고, 좋아하는 무언가를 눈 딱 감고 포기해볼 정도로 압도적인 우선순위 말이다. 어쩌면 마음이라는 건, 소중함이라는 건, 다른 모든 상황에 우선할 수 있는 정도라고 볼 수도 있겠다.

조금 아픈 현실이라면, 바쁘다고 미뤄지는 약속은 바쁘지 않아도 미뤄지기 일쑤다. 무엇 하나 밀어내는 것 없어도 신기하게 미뤄지고야 마는 마법 같은 우선순위 되시겠다.

정말 좋은 사람은
바쁠수록 힘들수록
더 생각나는 법이다.

○ 멍청해진다는 것

함께 있을 때 유독 평소보다 멍청해지는 사람. 어수룩하고 조금 모자라 보이는 이 마음은 좀처럼 미워하기가 어려운 법.

함께 있을 때 유독 바보가 되는 건, 잘 보이고 싶은 마음이 너무 크기 때문일 거다. 그만큼이나 당신에게 더 나은 모습을 보여주고 싶은 마음이라는 거다.

이상하게 고장 나서 멍청한 소리만 튀어나오고, 밤이면 머리 쥐어뜯으며 이불만 뻥뻥 찼던 기억. 그게 다 잘 보이고 싶은 마음이었던 거다.

나쁜 사람에게 끌리는 이들도 있다지만, 물론 그 자신감과 당당함이 매력적일 수는 있겠지만, 애초에 상대방에 대한 마음이 클수록 절대 나쁜 사람일 수는 없는 법이다. 소중할수록 아끼고 조심스러워지는 게 당연하니까.

이왕이면 함께하는 순간만큼은
오래오래 멍청해지는 당신이면 좋겠다.
오래오래 바보 같은 내 모습이면 좋겠다.

○ 서운함

　사람의 마음을 여실히 깨닫게 하는 건 의외로 서운함 같은 찜찜한 감정이다. 예상치 못한 순간에 등장한 이런 류의 감정은 주로 부인되곤 하다가, 이내 많은 생각을 던져주기도 하는 것이다.

　'내가 서운할 게 뭐가 있어!'라는 마음에서,
　'내가 왜 서운하지?' 같은 마음이 되는 그런 과정.

　서운함을 느낀다는 건 그만큼 신경 쓰고 있다는 거다. 아끼는 마음이 없다면 서운한 마음도 생기지 않을 테니까. 이렇게 보면 서운함이라는 찜찜한 감정이 오히려 관계의 시작을 알리는 호감의 역할을 수행해버릴 수도 있는 것이다. 그런 시점에서 상대방이 드러내는 서운함은 귀찮은 것이 아니라 감사한 것이 되어야 하는 것이고. 다만 서운함은 관계의 시작보다는 끝을 알리는 것에 조금 더 특화된 감정일지 모르겠다.

서운함의 순간은 결국
마음의 무게가 서로 다름을
체감할 때 찾아오는 것.

서운함에는 이런저런 이유가 붙겠지만, 결국은 나의 기대보다 상대방의 마음속에서 내가 차지하는 영역이 작다는 것을 느낄 때 생겨나는 것이겠지.

익숙하고 당연해지고, 결국 놓치게 되는 이런 사소한 서운함이 돌이킬 수 없는 관계를 빚어내도록 내버려두면 안 되는 것이었다.

흔히 '우울증'이라는 것은 이 가볍고 흔하게 와닿는 이름 때문에 그 심각성이 많이 가려진다고 했다. '서운함' 또한 너무 흔하게 소모되는 감정으로 여겨지는 것을 경계해야 하는 것이다.

'이런 걸로 뭘 또 서운해해.'
'삐졌어?'

또 하나의 힘겨움이 사소함으로 묻히는 일이 없도록.

○ **마음이 있다면**

　어느 순간부터 SNS상에 MBTI별로 잘 맞는 궁합이라며 콘텐츠들이 줄줄이 올라오더니, 이제는 제법 그럴듯한 공식까지 만들어져 있더군요. 거기에 더해 연애가 가장 어려운 유형부터 특정 유형의 애정 표현 방식, 유형별 상대방에게 잘 보이는 방법까지. 인간관계를 넘어 사랑의 영역까지 MBTI 이야기로 넘쳐납니다.

　물론 수요가 있으니 이런 콘텐츠들이 쏟아져 나오는 것이겠지요. 너무나 어려운 '사람의 마음' 앞에서 도움이 필요한 이들은 끊이지 않기에, 마음을 정의하고 공식을 만들고 가이드를 개발하려는 시도 역시 끝없이 이어질 겁니다.

　하지만 이런 시도와는 별개로, 공식이나 가이드 같은 건 무용지물이 되어버리는 것 또한 사람의 마음이지요.

　　마음이 있다면
　　F보다 공감하는 T가 되고
　　J보다 계획적인 P도 되는 것.
　　마음이 있다면.

마음이 있는 상대 앞에서 MBTI 같은 건 무의미해지는 순간이 있습니다. 뼛속까지 내향형인 집돌이, 집순이도 마음이 있다면 기꺼이 뛰쳐나갈 것이고, 극도의 즉흥형 인간도 마음이 있다면 완벽한 데이트를 위해 분 단위로 계획이라는 걸 세우게 되니까요.

중요한 건 '마음의 크기'가 맞겠습니다. 자잘한 분류 따위는 가볍게 덮어버리는 크고 공고한 마음이라면, 비록 내 성향과는 맞지 않아도 함께하는 순간 자체가 즐거움일 테니.

따지고 보면 사람의 마음이라는 건

도저히 가늠할 수 없을 만큼 복잡하면서도

또 이렇게나 단순합니다.

○ 용기를 내어야 할 순간

　누군가를 좋아하는 마음을 대면했을 때, 그 고백의 형태는 사람마다, 성격마다 천차만별인 것이 재미있다는 생각을 합니다. 정확히는 고백의 형태라기보다 고백의 여부에 가깝겠습니다. 의외로 자신의 마음을 투명하게 드러내고 숨김없이 전하는 것을 어려워 하는 이들이 많으니까요.

　'어린 시절의 패기' 정도로 포장할 수 있는 시기를 넘어서게 되면 그저 좋은 마음 외에도, 사람이든 상황이든 조직이든 조건이든 이것저것 생각하고 따질 것들이 장애물처럼 겹겹이 신경 쓰이는 것입니다.

　특히 요즘처럼 탐탁지 않은 고백은 '고백 공격' 같은 말로 표현되어 버리는 상황이라면, 마음을 드러내는 것 또한 점점 더 신중해지기도 하니까요. 용기 있는 자가 사랑을 쟁취하고, 열 번 찍어 안 넘어가는 나무 없다는 그 시절 신념은 어쩌면 너무 동떨어진 말인지 모르겠습니다.

대학생 시절, CC만큼은 절대로 하지 않겠다는 신념 비슷한 것을 지닌 동기가 있었습니다. 고백했다가 잘 안되면 사이만 어색해지고, 주변 사람들도 불편해지고, 학교생활에 괜한 오점을 남기고 싶지 않았던 마음이었겠지요.

졸업을 하고 사회인으로 다시 만난 동기는 생각이 많이 달라져 있었습니다. 그때 너무 많은 걸 고민했던 것 같다고, '만약 잘 안되면 멀어질까 봐' 고백을 피하고 친구로 남았던 상대는 시간이 흐른 지금 어차피 연락조차 되지 않습니다. 거절당해 멀어지든, 잘 되었으나 헤어져서 멀어지든, 어차피 시간이 지나면 얼굴 한번 보기 힘든데 그냥 그때 시원하게 마음이라도 전할 걸 그랬다고.

다시 한번 실감합니다. 꺼내어보지 못한 깊은 마음은 쉽게 흩어지지 않고 생각보다 진하게 남아 후회를 찍어낸다는 것 말입니다.

지금 용기 내지 못한 후회가 길게 남을까.
용기 냈으나 이루지 못한 아쉬움이 길게 남을까.

뜬금없고 앞뒤 없는 고백은 '고백 공격'으로 여겨질지 모르나, 이 정도로 고민하고 숙성되고 애틋함이 있는 마음이라면 분명 상대방에게도 또 다른 여운을 남길지 모를 일입니다. 고백의 영역 또한 사람의 일이라 무례함에는 불쾌함이, 사려 깊은 진심에는 고마움이 뒤따르기 마련이니까요. 그렇다고 깊은 진심이 꼭 좋은 결과로 이어지는 것만은 아니겠지만, 뭐 잘 안되면 또 어떻습니까. 좀 많이 아프고 시리겠지만, 결론짓지 못한 마음처럼 오래오래 곪아가는 일은 없을 테니까요.

전하는 이의 진심이 따뜻하고 고운 마음이라면, 혹시 받아들이지 못해 되돌려 보내진다 해도 어느 정도 따뜻한 반품이 되지 않을까요?

이렇게 구구절절 설명을 늘어놓는 건 '거절의 두려움'에 대한 백신 정도가 되겠습니다. 차근차근 인과관계를 적립해 놓고도 문턱에서 혼자 주저앉으려는 마음은, 힘닿는 데까지 응원하고 싶거든요. 그 마음 저도 너무 잘 알아서 말입니다.

머릿속에서 미리
결론을 지어버리지 말아요.
얼마나 많은 일들이 시작도 되기 전에
머릿속에서 매듭지어져 버릴까요.

그러니 우리,
용기를 내어야 할 순간이라면
주저함이 없기를.

그리고
용기를 내어야 할 순간과
멈춰서야 할 순간을
잘 분별할 수 있기를.

○ 멈춤

    관계의 종결을 직감하는 순간이 있다. 모든 관계가 항상 견고하게 서로를 지탱해주는 것은 아니다. 그 관계라는 것은 양쪽에서 끄는 수레와 같아서, 처음에는 분명 서로가 단단히 떠받쳐 끌고 가는 거대한 마음이었으나, 조금씩 조금씩 기울더니 이내 한쪽으로 동심원 그리며 엇나가는 시기가 오기도 한다.

    '이게 왜 이러지?'
    그제야 두리번거리니, 핏줄 세운 팔로 힘겹게 지탱하고 있는 건 나 혼자뿐, 나른하게 올려 진 상대방의 손은 힘준 기색 하나 없이 평온하다는 것을 알아채는 순간이 있는 것이다.

    실어놓았던 마음은 이미 오는 길에 흩뿌려졌는지 실체가 없는데도. 이 빈 수레를 여직 끌고 있는 것은, 그저 습관이거나, 멈춰 세울 용기가 없거나.

계절이 지나간 자리는
또 다른 계절로 뒤덮이고
마음이 머물던 자리는
또 다른 마음으로 채워지는 것.

저마다의 사정이야 있겠지만 이미 동력을 잃고 관성으로만 나아가는 마음이라면 멈춰 세울 순간을 놓치지 않았으면 한다.

나만 진심인 관계라면 이만 내려놓을 수 있기를. 쉽지 않겠지만 붙들고 있는 것보다는 나을 테니, 이쯤에서 돌아 나올 수 있기를. 어쩌면 기회를 붙잡는 용기만큼이나 중요한 것이 멈추어야 할 순간을 놓치지 않는 용기일지도 모르겠다.

더 이상 멈추지 못할 만큼 늦어버리기 전에. 지금이야말로 새로운 동력, 새로운 경로, 새로운 마음을 채워 넣어야 할 시기일지도 모른다.

이런저런 이유를 붙여보겠지만
사실은 간단할 거예요.
그 모든 걸 감수할 정도의 마음은
아니었을 뿐입니다.

○ 내려놓음

    사람에게는 '망각'이라는 신의 축복이라 불리우는 기능이 있고, 그 덕에 조금씩이나마 아픈 기억을 덜어내며 회복한다. 하지만 안타깝게도 '삭제' 같은 기능은 탑재되어 있지 않다. 희미해질지언정 잘라내지는 못하는 어중간한 축복인지도 모르겠다. 마음을 쏟았던 것일수록, 깊이 잠겨보았던 것일수록 끊어내는 것도 쉬울 리가 없다.

    깔끔하고 시원한 안녕? 그런 건, 도로 거두어들일 만한 것조차 몇 없는 얕은 언저리에서나 가능한 것이지. 들어내고 파낼수록 줄줄이 어마어마한 것들이 딸려 나와, 이내 포기하며 다시 덮어버리고야 마는 어느 유서 깊은 땅덩이처럼. 그런 깊은 무언가를 단번에 끊어낼 수 있는 기능 따위는 사람에게 없는 것이다.

    한때는 깊다 못해 삶 자체였던 누군가와의 시간을 내려놓는다는 건 그런 것이다. 망각해낼 엄두도 내지 못할 그 넓은 기억 곳곳에 얼마나 많은 흔적을 폭력적으로 박아놓았을까.

내려놓는다는 것은
끊어내는 것이 아니라
마음 한구석에 자리 내어주고
들여다보지 않으려 애쓰는 것이었지.

　순간순간 겹쳐지는 모습에 아련해지기도 하고, 잠깐씩은 기억에 잠겨 보내기도 하고. 연락하고 싶은 마음이 치밀어 오르기도 하고. 이렇게 끊어내지 못하는 모습은 좀 많이 미련해 보이겠지만, 그만한 기억을 지닌 이라면 누구든 그렇게 구질구질해지는 것이 맞다.

　이 당연한 찌질함을 부끄러워할 필요는 없을 것이다. 그만큼 깊고 값진 기억이 내가 보내온 시간에, 그 삶이라는 퇴적층 어디쯤엔가 그때의 나를 증명하는 거대한 증거로 자리하는 것. 지워버리면 중간이 비어버린 흐름이라 '그때의 나'라는 사람을 설명해낼 길이 없어지고 말겠지.

　내려놓은 자리에서 언젠가는 기어이 희미해지겠지만, 어렴풋이 남은 그때의 내 모습은 그 자체로 의미가 있으니. 지워내려 애쓰기보다는 바스러져 없어지는 순간까지 그저 놓아두고 지내면 된다. 일부러 찾아보진 않지만 지나치다 한 번쯤 들여다보는 먼지 쌓인 기억으로, 그저 남겨두면 된다.

　그리고 언젠가 또 다른 누군가로, 값지고 색 고운 퇴적층이 드넓게 쌓여 덮이길 기대하면서.

오래되고 쓸모없는 물건을
차마 버리지 못해
쌓아놓는 사람처럼.
이제는 보잘것없고 빛이 바랜 마음을
선뜻 잘라내지 못해
품고 있는 사람도 있다는 것.

○ 기다림의 시간

누군가를 기다리는 순간만큼 세상이 온통 그 사람으로 가득한 시기가 있을까요? 조금 닮은 사람만 지나가도 다 그 사람으로 보이고, 이내 그 사람이 아닌 것에 실망하고, 저 멀리 기다리는 그 사람이 보이기 시작하면 저절로 미소를 짓게 되고, 마침내 닿게 되어 건네는 약간의 투덜거림까지. 누군가가 기다려진다는 것은 이 지루한 기다림의 시간마저 온통 그 대상을 향한 애틋함으로 채워지는 증폭의 시간으로 만듭니다.

> 어쩌면 마음의 크기는
> 마주하는 순간보다
> 기다림의 순간에
> 더 여실히 드러나는 것.

많은 감정과 마주하게 되는 기다림의 시간. 마음이 없다면 그렇게도 견디기 어려운 시간이겠으나, 이 역시 마음이 있다면 이 기다림마저 참 소중하기만 하다는 생각을 합니다.

기다림은 그리움을, 그리움은 애틋함을. 우리는 매일매일 기다려도 여전히 벅차게 기다려지는 사람과 함께해야겠습니다.

분리불안 끝에 도어락 누르는 소리를 듣고 달려가는 강아지의 마음. 그런 마음으로 매일을 마주할 수 있는 사람이면 참 좋겠습니다.

인연을 발견하는 중입니다

누군가가 필요한 사람과
꼭 내가 필요한 사람을
헷갈리지 말아요

○ 좋은 사람

좋은 사람이 되고 싶다는 생각을 하게 만드는 사람. 정말 놓치고 싶지 않은 소중한 인연임이 분명하다. 언제나, 누구나 좋은 사람과 함께하길 원하겠지만, 또 좋은 사람의 기준이야 저마다 다를 것이 분명하겠지만, 이것만큼은 제법 자신 있게 주장할 수 있는 것이다.

진짜 좋은 사람은 절대
혼자 좋은 사람으로 남지 않아요.

누군가를 억지로 바꾸려 하지 않아도, 함께하는 이를 더 좋은 모습으로 변화시키는. 내면의 긍정적인 부분을 스스로 끌어내도록 만들어 주는 사람이 있다.

나를 억지로 바꾸려는 사람이 끌어내는 것은 기껏해야 실망감과 반발심 정도겠지. 있는 그대로의 나를 바꾸려 하지 않아도, 전해오는 마음이 소중하고 고마워서 더 좋은 모습으로 함께하고 싶다는 예쁜 마음을 끌어내주는 사람이 있는 것이다.

'이 사람을 행복하게 해주기 위해 꼭 성공해야지.'

‘이 사람이 상처받지 않도록 내가 말을 예쁘게 해야지.’

‘이 사람이 걱정하지 않도록 연락을 자주 해야지.’

나를 바꾼다는 것이 쉬운 일은 아니겠지만, 이 사람이 상처받는 것이 더 마음 아플 게 분명하기에 기꺼이 내가 변하고 싶은 마음. 이 사람이 행복하길 바라는 마음이 훨씬 크기 때문에 기꺼이 노력하게 되는 마음. 좋은 영향을 주고받는 더없이 소중한 인연은 이런 것이다.

> 좋은 사람과 함께하기에
> 부족함 없는 모습의 내가 되길.

○ 있는 그대로의 관계

대화가 끊이지 않고 빈틈없이 이어져야만 '잘 맞는 사람'이라고 생각했던 시기가 있다. 그런데 시간이 흐를수록, 그렇게 쉬지 않고 에너지를 쏟아붓지 않아도 충분히 좋은 관계일 수 있다는 생각을 하게 된다.

물론 시간이 흐를수록. 쏟아부을 에너지도 이전만큼 무한히 샘솟지는 않으니. 생각도 마음도 달라지는 것이 어쩌면 당연한 수순일 것이다.

그래서 정리하자면 지금의 나는 대화가 끊이지 않는 사람도 좋지만, 대화 없는 여백까지 공유할 수 있는 사람이 더 좋다. 굳이 대화로 채우지 않아도, 심지어 서로 다른 일을 하고 있어도 끈끈하게 연결되고, 보이지 않는 무언가로 함께하는 공간이 가득 채워지는 사람.

꼭 특별한 무언가를 같이 해야만 한다는 생각보다, 아무것도 하지 않아도 함께 있는 시간이 아깝지 않은 사람. 아니, 함께 낭비하는 시간도 아깝지 않은 사람.

더 나은 모습을 연기하지 않아도 끈끈하게 흘러가는, 사소한 표현까지 고민하지 않아도 받아들임에 어긋남이 없는. 있는 힘껏 솔직하게 마주할 수 있는 관계가 얼마나 소중한지.

나 자신을 애써 꾸미고
포장하지 않아도 되는 관계.
있는 그대로의 모습으로 충분한 관계.
더할 나위 없음이야.

○ 비슷한 시선으로

　나와 닮은 사람이 주는 안정감은 절대로 무시할 수가 없다. 닮았다는 것이 당연히 생김새 따위는 아니고, 시선이 닮은 사람을 좋아한다.

　서로 다른 생각으로 세상을 보는 사람들 속에서
　같은 장면을 비슷한 시선으로 바라볼 수 있는 사람.

　이게 사소해 보이지만 굉장히 중요한데, 나에겐 피식 웃음이 나오는 재미있는 장면이라 '진짜 웃기지 않아?' 동의를 구하는 눈으로 함께 웃으려고 쳐다보았을 때. 상대방은 이해할 수 없다는 듯 짜증스러운 시선으로 같은 장면을 바라보고 있었던, 그 조용하게 강렬한 기억이 꽤 오래 머리에 남았다. 같은 장면을 이렇게 다르게 바라볼 수도 있구나.

그리고 또 한 가지. '생각의 깊이'가 비슷한 사람은 절대 놓치면
안 된다.

> 누군가는 계속 가라앉고
> 누군가는 계속 끌어올리는 관계 말고
> 비슷한 수심에서 눈 마주치며
> 어울릴 수 있는 사람.

보통 생각이 더 많고 더 깊은 사람이 마음 상하는 상황이 그렇게
나 많다. 나는 이 정도까지 생각하고, 신경 쓰고, 배려하는데, 그만
큼 생각해주지 않는 상대방의 소홀함은 서운함으로 이어지기 마련
이니까.

특별히 노력하지 않아도 같은 흐름으로 흘러가는, 억지로 조율
하지 않아도 나란히 같은 곳을 향하는, 바로 그런 사람과 함께하고
싶다는 생각을 한다.

사람은 누구나 변하겠지만 같은 방향으로 함께 변해갈 수 있는
사람이길. 혼자서만 저만치 멀어지는 사람 말고.

○ 정말 좋은 관계는

정말 좋은 관계는 어느 한쪽이 약자가 되지 않아요. 정말 좋은 관계라면 절대로 상대방 위에 올라서려고 하지 않거든요. 누가 시키지 않아도 기꺼이 서로 자신을 낮추는 관계란 얼마나 보기 좋은지. 아끼는 누군가를 위해 나를 낮추면서 오히려 찾게 되는 기쁨이 있지요.

정말 좋아하는 사람이라면.
내가 이겨야 하고, 더 얻어내야 하고
내가 더 우선이 되어야 한다는 마음이 생길까요?
아마 아닐 겁니다.

정말 아끼는 사람이라면.
내가 조금 힘들어도 상대방이 더 편했으면 좋겠고
내가 조금 포기해도 상대방이 행복해하는 모습에
더 힘이 나는 것이 맞습니다.
정말 아끼는 사람이라면.

어느 한쪽이 약자가 되는 관계는 사양합니다.

어느 한쪽이 더 많이 참아내며 유지되는,

이미 기울어진 관계는 아닌지 생각해보자고요.

내가 먼저 상대방을 높여주고

배려하는 상대방을 당연하게 여기지 않고

서로를 향한 아끼는 마음으로 함께 성장하는.

그런 사람이 되어

그런 사람과 함께하자고요.

우리는.

○ 결핍

어쩌면 잘 맞는 사람이란
결핍의 정도가 비슷한 사람이 아닐까?

놓여진 환경에 따라, 상황에 따라, 채워지지 않는 결핍을 안고 살아가는 이들이 있다는 생각을 한다. 아니, 크건 작건, 사람이라면 누구나 끊임없이 채우고 싶고, 증명받고 싶은 무언가가 있을 것이다.

이 결핍이라는 것은 특히 사람과 사람의 관계에서 여실히 드러날 것이고, 자신에게 소중한 누군가, 의미를 부여하는 어떤 이에게는 더욱 강하게 작용할 것이다. 이 역시 의미 없는 대상이라면 크게 신경 쓰지 않을 것이고, 의미를 지닌 대상에게서만 채워질 수 있으니. 드러나는 결핍도 그 마음만은 감사한 것일지 모른다.

사람과 사람이 만나는 것은, 서로가 서로에게 이 채워지지 않는 결핍을 맞물려 채워주는 것인지도 모르겠다. 그래서 사람은 혼자가 아니라 함께 살아가는 것이고.

마음을 다해 힘닿는 한 채워주며 완성되는 관계도 있겠으나, 서로가 담아낼 수 있는 결핍의 정도가 너무나 다른 관계는 어쩌면 비극으로 향하겠지. 채워지지 않는 결핍의 당사자도, 채워주지 못하는 상대방에게도 안타까운 일이 분명하니까.

사람은 누구나 결핍이 있겠지만
어느 쪽이든 감당하지 못하는 결핍은
상대방에겐 고통이다.

비슷한 결핍을 수용 가능한 용량으로, 채워주고 채움받을 수 있는 사람과 함께하길. 그럼에도 조금 더 욕심을 내보자면, 수용하기 힘겨운 결핍마저 그보다 더 거대한 마음으로 끌어안을 수 있는 관계가 되길.

결핍을 키우는 것은 결국, 언제 끊어질지 알 수 없는 공급의 불안함이니. 변함없이 마음을 쏟는 안정감으로, 절대로 끊어지지 않을 것이라는 믿음과 확신으로. 거대한 결핍마저 한결같이 메워갈 수 있는 소중한 관계이길.

○ 어떤 사람과 함께

집요하게 이상형을 묻는 질문을 받을 때면 꼭 들어가는 답변이 있습니다.

제일 중요한 건 긍정적인 사람.

다른 기준이야 살면서 조금씩 변하기도 하지만 이것만큼은 도통 변하질 않는 것 같습니다. 세상을 향하는 마음이라는 것은 전염력이 있어서 머무는 주변까지 온통 비슷한 기류로 물들이고야 말지요.

어떻게 보면 함께하는 이는 날씨와 같네요. 화창하고 포근하면 덩달아 들뜨지만, 흐리고 우중충하면 덩달아 다운되게 만드는 날씨 말입니다. 함께 하는 순간 나의 세상이 되어버리는, 그 어떤 이에 따라 내 날씨도 좌우되거든요.

어떤 사람과 함께
어떤 세상을 마주할 것인가.

사실 욕심인지도 모르겠습니다. 갈수록 팍팍해지는 세상에서 이리저리 치일수록, 세상을 바라보는 시선도 점점 탁하게 물들어갈 텐데. 주변에까지 전해질 정도로 긍정적인 마음을 간직한 이들이 얼마나 될까요? 어쩌면 살아가며 스스로 지켜내지 못한 예쁜 마음을 다른 이를 통해 채우려는, 그저 욕심인지도 모르겠습니다.

그럼에도 그 욕심을 놓아버릴 수가 없는 것은, 내가 추구하고 바라는 관계라는 것이 있기 때문이겠지요. 부정적인 사람과 함께라면 그 마음도 조금씩 물들고 자라나 두 사람 분의 부정적인 마음이 되어, 결국은 그 비뚤어진 마음이 서로를 향하고야 말테니까요.

> 함께 있으면
> 나의 밝은 면을
> 끌어올려 주는 사람.

'내가 이렇게 밝은 사람이었구나'라는 생각이 들게 만들어주는 사람. 나조차 있고 있던 나의 밝은 면을 알아봐주고, 마음껏 풀어낼 수 있게 길을 내어주는 사람.

주변 온통 은은한 반짝임이 머물고, 주고받는 분위기마저 곱고 부드러운. 그런 사람이었으면 참 좋겠습니다. 변함없이 기다려지고 함께하고 싶은 그런 사람, 그런 관계였으면 참 좋겠습니다.

○ **조율**

완벽하게 맞진 않아도
기꺼이 맞춰가고 싶다는 생각이 들게
만들어주는 사람

어떻게 사람과 사람의 사이가 기대처럼 완벽하게 맞물릴 수가 있겠어요. 조그마한 닮은 구석도 마냥 크게 와닿던 처음. 다르면 다른 대로 그 차이조차도 매력이 되었던 처음. 그 처음이 지나면 알게 되지요.

우리는 이렇게나 다른 사람이구나.

그 메울 수 없는 간격에 멀어지는 관계가 있고, 어떻게든 다가가 중간의 어떤 지점에서 수렴하여 더 돈독하게 뿌리내리는 관계가 있지요.

누군가와 함께한다는 건 세계와 세계가 이어지는 것이 맞겠습니다. 나의 지나온 시간들로 쌓아올린 공고한 세계를 조금이라도 허무는 일이 쉬울 리가 없습니다.

양말은 뒤집어서 벗어놓는 세계, 치약은 중간부터 짜는 세계, 설거지는 몰아서 하는 세계, 치킨은 순살만 먹어오던 세계까지.

내가 수많은 시간 동안 쌓아올린 나의 방식을 내려놓고 맞춰간다는 것은, 그 사소한 모든 순간순간에 함께하는 이를 대입하고 있다는 것. 그 달라지기 힘든 사람이 다른 모습이 된다는 것은 행동 하나하나 그 사람에게 맞춰진다는 것이니, 얼마나 어렵고 감사한 일인가요.

그러니 우리는 하나의 세계처럼 맞아떨어지는 사람이 아니라, 기꺼이 내 세계를 온통 허물어 놓아도 아깝지 않을 그런 사람과 함께 해야겠습니다.

○ 수수함

겉모습이 화려한 사람보다는
수수하고 따뜻한 사람이길.

화려함이라는 것이 눈길을 끌 수는 있겠지만, 정작 머리에, 마음
에 각인되는 것은. 그 사람 자체가 아닌 겉에 두르고 있는 화려한
무언가일 거예요.

수수함은 온전함. 애써 가꾸는 방향이, 다른 무언가가 아닌 스스
로에게 맞춰지는 모습. 다른 화려함으로 가리지 않아도 온전히 자신
을 드러낼 줄 아는 모습. 그래서 어떤 수수함은 충분히 화려함을 능
가하지요. 조용하지만 묵직한, 수수한 이의 매력은 그런 겁니다.

화려하지 않아도 나도 모르게 눈길이 머무는 사람. 요란하지 않
아도 함께 있으면 잔잔한 행복감을 채워주는 사람, 말로 표현하기
어렵지만 그 특유의 분위기가 좋은. 그런 사람. 그러니 기억해주었
으면 합니다.

그깟 명품 두르지 않아도
눈길이 머무는 당신은
신문지에 쌓여있다 해도
반짝임을 감출 수 없는
그 자체로 명품이라는 걸.

○ 내 편이라는 것만으로도

그 자리에 계속 있어 주는 것만으로도
고마운 사람이 있다.

상황이야 이리저리 변하고 뒤엉킬지라도, 처음 맞춘 시선 그대로
변함없이. 온전한 나를 눈에 담아내며 곁에 머물러주는 마음.

적어도 이 한 사람만큼은 나를 이해해줄 것이라는 근원 모를 확
신과, 떠나갈 것이 걱정되지 않는 근거 없는 자신감을 묘하게 휘감
아 주는 마음.

내 편이라는 것만으로도
위로가 되는 사람.

무조건적인 내 편이 있다는 것만으로도 순간순간이 얼마나 든든
해지는지. 그 든든함이 서로를 향하고 있다면 눈뜨는 하루하루가
얼마나 포근해지는지.

○ 노력

　너무나 잘 맞는 나머지 가만히 있어도 보기 좋은 방향으로, 알아서 척척 굴러가는 관계란 얼마나 이상적인 것인지 생각한다. 아무리 잘 맞는 사람도 파고들수록 안 맞는 부분은 발견되기 마련이다. 두 사람의 수많은 부품으로 완성되는 하루하루에 미세하게 탁, 탁, 걸리는 이질적인 소리가 들려오기 시작하는 거다.

　크게 신경 쓰이지 않던 작은 탁탁거림은 한 바퀴 돌 때마다 미세한 데미지를 쌓아가고, 벌어지는 뒤틀림으로, 약간의 덜컹임으로 몸집을 키워 결국은 연기를 뿜으며 푸슈슉 전체를 멈춰 세우고야 마는 것이다.

　서로 다르게 설계된 복잡한 두 사람이 만나 하나로 작동하는 것. 만남이라는 건 그 어려운 확률을 뚫고 작동을 시작한 관계가, 무사히 두 줄기의 하루를 하나로 묶어 척척 찍어내는 것과 같다. 이 어렵고 복잡한 관계라는 것이 알아서 잘 굴러가주길 바라는 건 지나친 욕심이 아닐까?

잊지 말자 건강한 관계가 유지되는 연료는
서로를 위한 끊임없는 노력이다.

오래 유지되는 관계는 다 이유가 있는데, 그야말로 크고 작은 노력으로 빚어낸 산물인 것이다. 그냥 얻어지는 게 아니고 저절로 유지되는 게 아니고.

별다른 노력 없이도 문제없이 유지되고 있는 관계라면, 어느 한쪽이 내 몫까지 몇 배로 노력하고 살피고 참고 있는지도 모르겠다. 보통 노력하는 모습은 울림이 있어서 상대방의 노력까지 이끌어내곤 하지만, 대우받지 못하는 노력과 희생으로 아슬아슬하게 이어지는 관계만큼 안타까운 것도 없다. 어긋나버린 하중을 홀로 감당하며 마모되어 가는 일방은, 지금도 쌓여가는 자잘한 상처로 서서히 망가져가고 있을 테니.

그러니 상대방을 다 안다며 과신하기보다 세심하게 살펴 척척 맞물려 돌아가도록, 서로 조금씩 다듬어가는 노력을 멈추지 말자. 사람이든 물건이든 관계든 오래 지날수록 더 많이 들여다보고 관리하는 게 당연한데, 지날수록 오히려 관리 태만이라니. 그저 이용자가 아니라 서로가 이 관계의 유지 관리 책임자라는 걸 잊지 말자. 그리고 무엇보다 서로를 위한 상대방의 노력을 당연하게 여기지 말자. 노력만큼 중요한 건 노력을 알아주는 마음이니까.

노력에는 노력으로, 고마움에는 고마움으로.

우리의 관계는 오래오래

예쁜 하루하루를 찍어낼 수 있도록.

외로움에 떠밀려 다가오는 마음을 주의합시다. 누군가가 필요한 시점, 마침 그 자리에 있었던 사람이 나였던 것은 아닌지. 또 다른 누군가를 발견하면 다가왔던 모습 그대로, 다른 곳을 향해버릴 마음은 아닌지 말입니다. 내가 아니어도 되는 자리는 누구든 채울 수 있으니까요.

누군가가 필요한 사람과
꼭 내가 필요한 사람을 헷갈리지 말아요.

다가가는 입장의 마음 또한 마찬가지겠습니다. 그저 머물 곳이 필요한 마음인지, 꼭 이 사람과 함께 머물고 싶은 마음인지, 조금만 더 괜찮은 사람이 나타나면 '그때 조금만 더 기다릴걸' 후회로 이어지는 가벼운 마음은 아닌지.

조금 급격히 가까워지는 마음 앞에선 한 걸음 떨어져 흐린 눈으로, 한참이나 마음을 들여다보려 애쓰는 자신을 발견하곤 합니다. 누군가는 조언합니다. 꼭 모든 만남을 그렇게 평생 함께할 것처럼 신중히 만날 수는 없다고. 가볍게 만나보면서 오래 함께할 사람인지를 알아보면 되는 것이라고. 아니다 싶으면 그때 안녕 하면 된다고. 많이 만나봐야 좋은 사람도 알아볼 수 있다고.

　다만, 누군가를 만나는 한 번 한 번의 마음마저 그저 경험을 쌓는 과정으로 흘려보내기는 싫은 마음입니다. 아무리 경력직 선호하는 세상이라지만, 펑펑 낭비하고 싶은 젊음이라지만, 신중히 시작한다고 꼭 평생 함께할 수 있는 마음인지는 알 수 없다지만.

　그래도 무려 마음을 나누는 일입니다. 다가온다고 덜컥 내어줄 수도, 확실하지도 않은데 덜컥 넘겨받을 수도 없는 마음 말입니다. 조금 경력 단절이 길어져도 왜 이 사람인지 나 자신에게 설명하고 납득시킬 수 있는 마음을 기다립니다. 적어도 내 마음만큼은 내가 책임질 수 있도록.

　누군가 보기엔 답답하고 아까운 방식일지 모르겠습니다. 그래도 언젠가는 이 답답한 마음마저 똑 닮은 좋은 사람을 만나게 될 거라 믿어봅니다.

　내가 머물고 싶은 자리가 나만이 채울 수 있는 자리라면 얼마나 좋을까요.

○ **내 가치를 알아보는 사람**

여전히 이리저리 치이고 부딪히고, 한껏 마모되어 가는 날들의 연속이지만.

> 내 가치를 알아봐주는 사람이
> 있다는 것만으로도
> 세상은 꽤나 살만해진다.

내가 그려온 내 모습에 비해 이루어낸 것은 작고 하찮아 위축되는 날에도, 사소한 특별함조차 끌어올려 빛나게 해주는 사람이 있다.

> 사람의 가치는
> 특별하게 바라봐주는 사람 앞에서
> 더없이 특별해진다는 것.

사람은 나를 바라보는 상대방의 눈에서 쏟아지는 반짝임을 먹고 성장하는 게 맞다. 반대로 메마른 시선 앞에서 한없이 위축되며 시들어가기도 하는 것이고. 이 사람과 함께라면 부족한 나도 특별해지는 기분을 느끼게 해주는, 그 사람이 맞다. 잊고 있던 내 가치를 알아봐주는 사람, 가라앉는 나를 끌어올려주는 사람.

흠을 흠으로 보지 않는 사람 앞에서 어떻게 작아질 수가 있을까. 반짝이는 시선은 유화물감처럼 내 모습 위에 더 멋진 모습을 겹겹이 덧그려주고, 어느새 상대방이 바라봐주던 그 멋진 모습으로 자라나 있는 나를 발견하게 되겠지.

그 마음만으로도
세상은 참 살만하다는 것을 알게 해주는 사람.
그 이상 고마울 수가 없는
바로 당신 같은 사람.

헤매는 중이지만 해내는 중입니다

초판 1쇄 인쇄 2025년 1월 6일
초판 1쇄 발행 2025년 1월 13일

지은이 | 박민욱(필림)
펴낸이 | 권기대
펴낸곳 | ㈜베가북스

주소　　　 | (07261) 서울특별시 영등포구 양산로17길 12, 후민타워 6-7층
대표전화 | 02)322-7241　　　　**팩스** | 02)322-7242
출판등록 | 2021년 6월 18일 제2021-000108호
홈페이지 | www.vegabooks.co.kr　**이메일** | info@vegabooks.co.kr
ISBN | 979-11-92488-81-3 (03810)